Mal de pierres

Du même auteur,
chez le même éditeur

Battement d'ailes, 2008
(et « Piccolo » n° 64)

Mon voisin, 2009
(« Piccolo » inédit n° 60)

Quand le requin dort, 2010
(et « Piccolo » n° 167)

La Comtesse de Ricotta, 2012
(et « Piccolo » n° 98)

Sens dessus dessous, 2016
(et « Piccolo » n° 136)

Terres promises, 2018
(et « Piccolo » n° 147)

Une saison douce, 2021
(et « Piccolo » n° 173)

avec Luciana Castellina

Prends garde, 2015
(et « Piccolo » n° 124)

Milena Agus

Mal de pierres

Édition augmentée de la nouvelle
« Tout le ciel dans une chambre »

Traduit de l'italien
par Dominique Vittoz

LIANA LEVI *piccolo*

Traduit avec le concours
du Centre national du livre

Titre original : *Mal di pietre*

ISBBN : 979-10-349-0339-9
www.lianalevi.fr

« Si je devais ne jamais te rencontrer,
fais qu'au moins, je sente le manque de toi. »
(pensée d'un soldat dans le film *La Ligne rouge*)

1

Grand-mère connut le Rescapé à l'automne 1950. C'était la première fois qu'elle quittait Cagliari pour aller sur le Continent. Elle approchait des quarante ans sans enfants, car son *mali de is perdas*, le mal de pierres, avait interrompu toutes ses grossesses. On l'avait donc envoyée en cure thermale, dans son manteau droit et ses bottines à lacets, munie de la valise avec laquelle son mari, fuyant les bombardements, était arrivé dans leur village.

2

Elle s'était mariée sur le tard, en juin 1943, après les bombardements américains sur Cagliari, à une époque où une femme pas encore casée à trente ans était déjà presque vieille fille. Non qu'elle fût laide, ou qu'elle manquât de soupirants, au contraire. Mais un moment venait où les prétendants espaçaient leurs visites, puis disparaissaient de la circulation, toujours avant d'avoir demandé officiellement sa main à mon arrière-grand-père. Chère Mademoiselle, des raisons de force majeure m'empêchent ce mercredi, ainsi que le prochain, *de fai visita a fustetti* [1], comme c'était mon vœu le plus cher, mais hélas irréalisable.

Ma grand-mère attendait alors le troisième mercredi, mais chaque fois se présentait une *pipiedda,* une fillette, qui lui apportait une lettre repoussant encore, et puis, plus rien.

Mon arrière-grand-père et ses sœurs l'aimaient bien comme ça, un peu vieille fille, contrairement à mon arrière-grand-mère qui la traitait comme si elle n'était pas de son sang et, disait-elle, elle avait ses raisons.

1. « De vous rendre visite. »

Le dimanche, quand les autres filles allaient à la messe ou se promenaient sur la grand-route au bras de leurs fiancés, grand-mère relevait en chignon ses cheveux, toujours noirs et abondants quand j'étais petite et elle déjà vieille, alors imaginez dans sa jeunesse, et elle se rendait à l'église demander à Dieu pourquoi, pourquoi il poussait l'injustice jusqu'à lui refuser de connaître l'amour, qui est la chose la plus belle, la seule qui vaille la peine qu'on vive une vie où on est debout à quatre heures pour s'occuper de la maison, puis on travaille aux champs, puis on va à un cours de broderie suprêmement ennuyeux, puis on rapporte l'eau potable de la fontaine, la cruche sur la tête ; sans compter qu'une nuit sur dix, il faut rester debout pour faire le pain, et aussi tirer l'eau du puits et nourrir les poules. Alors, si Dieu ne voulait pas lui révéler l'amour, Il n'avait qu'à la faire mourir d'une façon ou d'une autre. En confession, le prêtre disait que ces pensées constituaient un grave péché et que le monde offrait bien d'autres choses, mais pour grand-mère, elles étaient sans intérêt.

Un jour, mon arrière-grand-mère attendit sa fille armée de la *zironia*, un nerf de bœuf, dont elle la frappa si fort qu'elle en eut des blessures jusque sur la tête et une fièvre de cheval. Mon aïeule avait appris, par des rumeurs qui couraient le village, que si les prétendants de grand-mère se défilaient, c'était parce qu'elle leur écrivait des poèmes enflammés qui contenaient même des allusions cochonnes et que sa fille salissait non seulement son honneur, mais celui de toute la famille. Elle la frappait à tour de bras en vociférant: « *Dimonia! dimonia!* » et elle maudissait le jour où ils l'avaient envoyée à l'école apprendre à écrire.

3

En mai 1943, mon grand-père arriva au village, il avait plus de quarante ans et travaillait comme employé aux salines de Casteddu. Il avait possédé une belle maison dans la rue Giuseppe Manno, juste à côté de l'église San Giorgio et Santa Caterina, une maison avec vue sur les toits jusqu'à la mer. De cette maison, de l'église et de bien d'autres choses, il ne restait rien après les bombardements du 13 mai, sinon un trou et un amas de ruines. La famille de grand-mère reçut ce monsieur très comme il faut, qui n'était pas mobilisé car trop avancé en âge, veuf de fraîche date et réfugié avec pour seule richesse une valise empruntée, et quelques bricoles retirées des décombres. Il arriva chez eux où il mangea et dormit gratuitement. Juin n'était pas passé qu'il demandait la main de grand-mère et l'épousait.

Elle pleura presque tous les jours pendant le mois qui précéda leur mariage. Elle se jetait aux pieds de mon arrière-grand-père et le suppliait de refuser, de prétexter qu'elle était déjà fiancée à un homme rappelé sous les drapeaux. Sinon, s'ils ne voulaient vraiment plus d'elle sous leur toit, elle était prête à tout, elle partirait à Cagliari, elle chercherait un travail.

« De Cagliari bèninti innòi, e tui bòlisi andai ingùni ! Non c'esti prus nùdda in sa cittàdi.

– *Màcca esti,* hurlait mon arrière-grand-mère, *màcca schetta ! In sa cittadi a fai sa baldracca bòliri andai, chi scetti kussu pori fai, chi non sciri fai nudda cummenti si spettada, chi teniri sa conca prena de bentu, de kandu fiada pitìca !*[1] »

Rien de plus facile que lui inventer un fiancé au front : les Alpes, la Libye, l'Albanie, ou bien la mer Égée, enrôlé dans la Marine royale. Ç'aurait été bien facile, mais mes arrière-grands-parents ne voulurent rien savoir. Alors, ce fut elle qui le lui dit, qu'elle ne l'aimait pas et qu'elle ne pourrait jamais être une véritable épouse. Grand-père lui répondit de ne pas se mettre martel en tête. Lui non plus, ne l'aimait pas. Dans la mesure où l'un et l'autre savaient de quoi ils parlaient. Quant à être une véritable épouse, il comprenait parfaitement. Il continuerait à fréquenter la maison close du quartier de la Marina, comme toujours depuis qu'il était jeune homme, et sans jamais rien attraper.

Mais jusqu'en 1945, ils ne retournèrent pas à Cagliari. Et ainsi, mes grands-parents dormirent comme frère et sœur dans la chambre d'amis : un lit haut, en fer incrusté de nacre, à une place et demie, un tableau de la Madone à l'enfant, une pendule sous sa cloche en verre, un lavabo avec le broc et

---

1. « Les gens de Cagliari viennent ici, ma fille, et toi, tu veux partir là-bas ! Il n'y a plus rien en ville.

– Elle est folle… complètement folle ! Elle veut aller en ville faire la putain, elle ne peut faire que ça parce qu'elle ne sait rien faire comme il se doit, elle n'a rien dans la tête, depuis qu'elle est petite ! »

la bassine, un miroir orné d'une fleur peinte et un pot de chambre en porcelaine sous le lit. Grand-mère emporta ces objets rue Giuseppe Manno quand la maison du village fut vendue ; elle voulait une chambre identique à celle de sa première année de mariage. Mais dans la maison du village, les chambres ne recevaient le jour et l'air que par la *lolla*[1], tandis qu'ici, rue Manno, on est inondé jusqu'au crépuscule par la lumière du sud et de la mer, et tout en resplendit. Cette chambre, je l'ai toujours aimée et, quand j'étais petite, grand-mère ne m'autorisait à y entrer que si j'avais été sage, et jamais plus d'une fois par jour.

Pendant cette première année de mariage, grand-mère eut la malaria. La fièvre montait jusqu'à quarante et un, ce fut grand-père qui l'assista, restant assis des heures, veillant à ce que les compresses sur son front ne se réchauffent pas : elle avait le front si bouillant qu'il fallait tremper les linges d'eau glacée, il allait et venait et on entendait grincer la poulie du puits jour et nuit.

C'est à cette époque-là, le 8 septembre, qu'on vint précipitamment leur rapporter ce qu'annonçait la radio, l'Italie avait demandé l'armistice et la guerre était finie. En revanche, selon grand-père, elle était loin d'être finie et il ne restait qu'à espérer que le commandant en chef, Basso, laisse

1. Galerie bordant la cour intérieure et donnant accès à la maison.

les Allemands quitter la Sardaigne sans héroïsmes superflus. Basso devait être du même avis que grand-père parce que les trente mille hommes de la Panzerdivision du général Lungerhausen se retirèrent tranquillement, sans massacrer personne, ce qui lui valut d'être arrêté et jugé, mais en attendant les Sardes étaient sains et saufs. Pas comme sur le Continent. Grand-père et le général avaient raison, d'ailleurs après, il suffisait d'écouter Radio Londres qui rapporta plusieurs fois les protestations de Badoglio au sujet des soldats et des officiers italiens capturés par les Allemands sur le front italien et massacrés. Quand grand-mère fut guérie, on lui dit que si son mari n'avait pas été là, elle se serait consumée de fièvre et qu'il y avait eu l'armistice et le renversement d'alliances, et elle, avec une méchanceté qu'elle ne se pardonna jamais, haussa les épaules comme pour dire : ça m'est bien égal.

La nuit, dans leur lit haut perché, grand-mère se pelotonnait le plus loin possible de lui, au point que souvent elle tombait et quand, les nuits de lune, la lumière entrait par les volets des portes qui donnaient sur la *lolla* et éclairait le dos de son mari, elle avait presque peur de cet étranger installé sous leur toit, dont elle ne savait pas s'il était beau ou laid, de toute façon elle ne le regardait pas et lui ne la regardait pas. Si grand-père dormait profondément, elle faisait pipi dans le pot de chambre rangé sous le lit, sinon il suffisait qu'il bouge imperceptiblement pour qu'elle mette son châle, sorte de la chambre et traverse la cour par n'importe quel temps, pour aller aux cabinets à côté du puits. Du reste, grand-père n'essaya jamais de l'approcher, il se tenait lui aussi recroquevillé de l'autre côté, tout corpulent qu'il était, il tomba plusieurs fois et ils étaient tous les deux pleins de bleus. Quand ils étaient seuls, c'est-à-dire uniquement dans leur chambre, ils ne parlaient jamais. Grand-mère récitait ses prières du soir et pas grand-père, car il était athée et communiste. Puis un des deux disait: « Passez une bonne nuit », et l'autre répondait: « Bonne nuit, vous aussi. »

Le matin, mon arrière-grand-mère voulait que sa fille prépare le café pour grand-père. Le café de cette époque: des pois chiches et de l'orge, grillés dans la cheminée au moyen d'un ustensile spécial, puis moulus. « Apportez son café à votre mari. » Et alors grand-mère emportait la tasse violette chargée de dorures sur le plateau en verre à motifs floraux, le posait au pied du lit et s'éclipsait aussitôt comme si elle avait laissé sa gamelle à un chien enragé, et cela non plus, elle ne se le pardonna jamais.

Grand-père aidait au travail des champs et tenait bien le rythme pour quelqu'un de la ville qui avait passé son temps dans les livres, puis à travailler derrière un bureau. Il assumait aussi souvent la part de son épouse, dont les coliques néphrétiques s'intensifiaient et il trouvait terrible qu'une femme doive travailler aussi durement aux champs ou revenir de la fontaine avec une cruche pleine sur la tête, mais par respect pour la famille qui l'hébergeait, il le disait en général, à propos de la société sarde de l'intérieur, car à Cagliari c'était différent, les gens ne prenaient pas la mouche pour des vétilles et ne voyaient pas le mal partout, impitoyablement. C'était peut-être l'air marin qui les rendait plus libres, du moins dans certains domaines, pas en politique, car les gens de Cagliari étaient des bourgeois qui n'avaient jamais envie de se battre pour rien.

Pour le reste, à part grand-mère qui se contrefichait du monde, ils écoutaient Radio Londres. Au printemps 1944, ils apprirent qu'en Italie du Nord six millions de personnes faisaient grève, qu'à Rome trente-deux Allemands avaient été tués et, en représailles, trois cent vingt Italiens raflés et exécutés, que la VIIIe armée était prête à une nouvelle offensive, qu'aux premières heures du 6 juin, les Alliés avaient débarqué en Normandie.

4

En novembre, Radio Londres annonça que les opérations militaires sur le front italien allaient être suspendues et qu'on conseillait aux maquis d'Italie du Nord de temporiser et de n'utiliser leurs forces que pour des actions de sabotage.

Grand-père dit que la guerre allait continuer et qu'il ne pouvait pas habiter indéfiniment chez les autres, c'est ainsi qu'ils vinrent à Cagliari.

Ils s'installèrent rue Sulis, dans une chambre meublée qui donnait sur un puits de lumière, cuisine et sanitaires en commun avec d'autres familles. Sans avoir rien demandé, grand-mère apprit de ses voisines ce qui était arrivé à la famille de grand-père, anéantie le 13 mai 1943.

Lui excepté, ils étaient tous à la maison ce maudit après-midi, pour son anniversaire. Son épouse, une femme plutôt froide et *leggixedda*, laide, qui ne sympathisait avec personne, avait ce jour-là, en pleine guerre, préparé un gâteau et réuni la famille. Dieu sait depuis combien de temps elle achetait les ingrédients à *martinicca*, au marché noir, le sucre gramme par gramme, la pauvre, les pauvres, tous. On ne savait pas ce qui s'était passé, mais ils n'étaient pas sortis quand la sirène avait retenti, pour courir à l'abri situé sous le jardin public, et la chose la plus absurde, mais au fond, la seule possible, était que le gâteau se trouvant moitié cuit ou en train de lever, ils n'avaient pas voulu le laisser perdre, ce gâteau merveilleux, dans une ville morte. Heureusement qu'ils n'avaient pas d'enfants, disaient les voisines, une épouse, une mère, des sœurs, des beaux-frères et des neveux, ça s'oublie, et grand-père avait vite oublié et on comprenait pourquoi, il suffisait de voir comme sa seconde femme était belle. C'était une heureuse nature, un sanguin, un coureur de jupons ; quand, encore jeune homme, en 1924, les fascistes l'avaient gavé d'huile de ricin pour lui remettre les idées en place, il en avait ri, tournant la chose à la plaisanterie, on aurait dit qu'il survivait à tout. Gros mangeur, grand buveur, client assidu des maisons closes, même sa femme était au courant, la pauvre, et Dieu sait combien elle en avait souffert, elle qui se scandalisait pour un rien et ne s'était sans doute jamais montrée nue à son mari, et ce ne devait pas être une grosse perte, à se demander pourquoi ces deux-là étaient ensemble.

De fait, grand-mère, elle, était une vraie femme, sûrement telle qu'il l'avait toujours désiré, avec ces beaux seins fermes, cette masse de cheveux noirs et ces yeux immenses, et puis elle était tendre et Dieu sait quelle passion unissait ce couple s'ils avaient eu un coup de foudre à vouloir se marier en un mois. Dommage pour ces vilaines coliques, la pauvre ; toutes les voisines l'aimaient bien : elle pouvait utiliser la cuisine même en dehors des heures, quand elle se sentait en forme, tant pis si elles avaient déjà rangé et lavé.

Grand-mère est restée amie avec ses voisines de la rue Sulis pendant toute sa vie, et toute la leur. Elles ne se sont jamais chamaillées, ni vraiment parlé, mais elles se sont tenu compagnie, jour après jour, un peu par la force des choses. À l'époque de la rue Sulis, elles se retrouvaient à la cuisine au moment de la vaisselle, l'une lavait, l'autre rinçait, une troisième essuyait et si grand-mère n'était pas bien, elles lavaient aussi la sienne, de vaisselle, *mischinedda,* la pauvre. Ce fut avec ses voisines et leurs maris que grand-mère suivit les dernières étapes de la guerre. Dans la cuisine glaciale de la rue Sulis, les pieds dans deux ou trois paires de chaussettes raccommodées et les mains sous les aisselles, ils écoutaient Radio Londres.

Les maris, tous communistes, soutenaient les Russes qui, le 17 janvier 1945, occupèrent Varsovie et le 28 étaient à cent cinquante kilomètres de Berlin tandis que, début mars, les Alliés occupaient Cologne et que désormais, déclara Churchill, leur avancée et la retraite des Allemands étaient imminentes. Fin mars, Patton et Montgomery traversèrent le Rhin, poursuivant les Allemands en déroute.

Le jour de l'anniversaire de grand-père, le 13 mai, la guerre était finie et tout le monde était heureux, mais pour grand-mère toutes ces avancées, retraites, victoires et défaites ne représentaient rien.

La ville n'avait ni eau, ni égouts, ni électricité, il n'y avait rien à manger sinon les soupes américaines, ce qu'on trouvait coûtait jusqu'à trois cents pour cent plus cher et malgré ça, ses voisines réunies devant leur vaisselle riaient du moindre *sciolloro*, de la plus petite bricole, comme aussi en allant à la messe à San Antonio, à Santa Rosalia ou aux Cappuccine, trois devant et trois derrière dans la rue, dans leurs vêtements retournés.

Grand-mère parlait peu, mais elle était toujours de la partie elle aussi, les journées coulaient, elle aimait Cagliari pour les voisines qui ne dramatisaient pas comme au village, si quelque chose n'allait pas, elles disaient *Ma bbai !* C'est rien ! et si par exemple une assiette tombait par terre et se cassait, alors qu'elles étaient très pauvres, elles haussaient les épaules et ramassaient les morceaux. Au fond, elles étaient contentes d'être pauvres, cela valait mieux qu'avoir de l'argent comme tous ceux qui, à Cagliari, avaient bâti des fortunes sur le malheur des autres, en vendant au marché noir ou en pillant les décombres avant qu'arrivent les pauvres gens à la recherche de leurs biens. Et puis, elles étaient vivantes, *mi naras nudda !* ça te paraît rien ! Grand-mère pensait que c'était à cause de la mer, et du ciel bleu, et de l'immensité qu'on voyait du haut des remparts, dans le mistral, tout était si infini qu'on ne pouvait pas s'arrêter à sa petite vie.

Mais elle n'exprima jamais ces idées, disons, poétiques, parce qu'elle redoutait qu'elles aussi découvrent qu'elle était dérangée. Elle écrivait tout dans son petit cahier noir à tranche rouge qu'elle cachait ensuite dans le tiroir des choses secrètes avec les enveloppes d'argent liquide : Nourriture, Médicaments, Loyer.

5

Un soir, avant de s'asseoir dans le fauteuil bancal, près de la fenêtre sur le puits de lumière, grand-père alla prendre sa pipe dans sa valise de réfugié, sortit de sa poche un paquet de tabac tout neuf et se mit à fumer, pour la première fois depuis ce mois de mai 1943. Grand-mère approcha son siège et resta assise à le regarder.

« Ainsi, vous fumez la pipe. Je n'ai jamais vu personne fumer la pipe. »

Et ils restèrent en silence tout ce temps-là. Quand grand-père eut fini, elle lui dit : « Il ne faut plus que vous dépensiez de l'argent pour les femmes de la maison close. Cet argent, vous devez le dépenser pour acheter votre tabac et vous détendre en fumant votre pipe. Expliquez-moi ce qui se passe avec ces femmes, et je ferai exactement pareil. »

6

À l'époque de la rue Sulis, ses coliques néphrétiques étaient épouvantables et à chaque fois, on aurait dit qu'elle allait en mourir. C'est sûrement pour ça qu'elle n'arrivait toujours pas à avoir d'enfant alors même qu'ils avaient désormais un peu plus d'argent, qu'ils poussaient jusqu'à la rue Manno pour voir la zone dévastée, là où ils espéraient reconstruire leur maison, et qu'ils économisaient autant que possible. Ils aimaient aller voir ce trou surtout quand grand-mère était enceinte, sauf que toutes ces pierres dans son corps finissaient toujours par transformer la joie en douleur et sang partout.

Jusqu'en 1947, on souffrit de la faim et grand-mère se souvenait comme elle était heureuse d'aller au village et d'en revenir chargée, de monter les escaliers en courant, d'entrer dans la cuisine qui sentait le chou parce que le puits de lumière n'aérait pas grand-chose, de poser sur la table en marbre jusqu'à deux pains *civraxiu*, des pâtes fraîches, du fromage, des œufs et une poule pour le bouillon ; ces bonnes odeurs couvraient celles du chou et les voisines la fêtaient en lui disant qu'elle était aussi belle parce qu'elle était bonne.

Ces jours-là, elle était heureuse même si elle n'avait pas l'amour, heureuse des choses du monde même si grand-père ne la touchait jamais, à part quand elle effectuait les prestations de maison close, même s'ils continuaient à dormir chacun de son côté du lit en veillant à ne pas s'effleurer et se disaient :

« Passez une bonne nuit.

– Bonne nuit, vous aussi. »

Et le meilleur moment, c'était quand grand-père allumait sa pipe au lit après les prestations, à son air on comprenait qu'il était bien, grand-mère le regardait de son côté du lit et si elle lui souriait, il lui disait : « Ça te fait rire ? » Mais jamais il n'ajoutait autre chose ni ne l'attirait vers lui, il la gardait à distance. Et grand-mère s'étonnait toujours de la bizarrerie de l'amour qui, s'il ne veut pas venir, ne vient pas au lit, ni même à force de gentillesse et d'attentions, et il était étrange qu'on n'eût justement aucun moyen de le provoquer alors que c'était la chose la plus importante.

7

En 1950, les médecins lui prescrivirent une cure. Ils lui conseillaient d'aller sur le Continent, aux thermes les plus renommées où beaucoup de gens avaient guéri. Et ainsi grand-mère avait remis son manteau droit, gris avec trois boutons, celui de son mariage que j'ai vu sur les rares photographies de cette époque, elle s'était brodé deux chemisiers, les avait mis dans la valise de réfugié de grand-père et avait embarqué pour Civitavecchia.

Les thermes se trouvaient dans un endroit dépourvu de tout charme et de soleil; dans l'autobus qui l'emmenait de la gare à l'hôtel, on ne voyait que des collines couleur terre et quelques touffes d'herbe haute autour d'arbres spectraux et dans le car aussi, tout le monde lui sembla malade et sans couleur. Quand apparurent les premières châtaigneraies et les hôtels, elle pria le chauffeur de lui indiquer l'arrêt du sien et elle resta un bon moment devant l'entrée, à se demander si elle n'allait pas repartir aussi vite qu'elle était venue. Tout était si étranger et si sombre, sous ce ciel plein de nuages, qu'elle pensa être arrivée dans l'au-delà, parce que seule la mort pouvait être ainsi.

L'hôtel était très chic, avec ses lustres à pendeloques de cristal, allumés en plein après-midi. Dans sa chambre, elle remarqua tout de suite un petit bureau sous la fenêtre et ce fut peut-être la seule raison qui la retint de filer à la gare, de reprendre le bateau et de rentrer à la maison même si grand-père se serait fâché tout rouge, et il n'aurait pas eu tort. Elle n'avait jamais disposé d'un bureau, et elle n'avait jamais pu s'asseoir à une table car elle écrivait toujours en cachette, son cahier sur les genoux, qu'elle cachait dès qu'elle entendait quelqu'un arriver. Sur le bureau, il y avait une écritoire en cuir contenant des feuilles de papier blanc à en-tête, une petite bouteille d'encre, un porte-plume et une plume, du buvard. Alors avant tout, avant même d'enlever son manteau, grand-mère sortit son cahier de sa valise et le déposa en grande pompe sur le bureau, dans l'écritoire en cuir, puis elle ferma soigneusement sa porte à clé de crainte que quelqu'un n'entre à l'improviste et ne voie ce qui était écrit dans son cahier et finalement, s'assit sur le grand lit jusqu'à l'heure du dîner.

Le salon comptait de nombreuses tables carrées, dressées sur des nappes blanches en toile de Flandres avec des assiettes de porcelaine blanche, des couverts et des verres rutilants, au centre, un bouquet de fleurs et au-dessus de chacune d'elles, un beau lustre en cristal brillant de tous ses feux. Certaines tables étaient déjà occupées par des gens qui lui semblèrent des âmes du purgatoire par leur pâleur triste et leurs conversations confuses à voix basse, mais beaucoup de places étaient encore disponibles. Grand-mère choisit une table libre, disposa sur les trois autres chaises son sac à main, son manteau et sa veste en laine et quand quelqu'un passait, elle gardait la tête baissée en espérant qu'on ne s'assoie pas à côté d'elle. Elle n'avait pas envie de manger, ni de se soigner, parce qu'elle sentait bien que de toute façon elle ne guérirait pas et qu'elle n'aurait jamais d'enfants. C'étaient les femmes normales qui avaient des enfants, les femmes joyeuses, sans vilaines pensées, comme ses voisines de la rue Sulis. Dès qu'ils se rendaient compte qu'ils étaient dans le ventre d'une femme dérangée, les enfants fuyaient, comme tous ses fiancés.

Un homme avec une valise entra dans la salle à manger, il devait arriver à l'instant et n'avait sans doute pas encore vu sa chambre. Il marchait avec une béquille, mais vite et bien. Cet homme plut à grand-mère comme jamais aucun des prétendants à qui elle avait écrit des poèmes enflammés et qu'elle avait attendus au fil de ses mercredis. Alors elle fut sûre de ne pas être dans l'au-delà avec d'autres âmes du purgatoire car dans l'au-delà ce genre de choses n'arrive pas.

Le Rescapé avait une méchante valise, mais il était vêtu de façon distinguée et malgré sa jambe de bois et sa béquille, c'était un très bel homme. Après le dîner, de retour dans sa chambre, grand-mère se mit aussitôt au bureau pour le décrire avec précision, de sorte que si elle devait ne plus le croiser dans l'hôtel, elle ne risquât pas de l'oublier. Il était grand, il avait des yeux sombres et profonds, la peau douce, le cou fin, les bras forts et longs et de grandes mains d'une candeur enfantine, la bouche charnue et évidente malgré une barbe courte et légèrement frisée, le nez doucement arqué.

Les jours suivants, elle le regardait de sa table ou dans la véranda où il allait fumer ses Nazionali sans filtre ou lire, et elle, broder au point de croix des serviettes de table d'un ennui mortel. Elle installait toujours sa chaise un peu derrière lui, pour qu'il ne la voie pas, charmée, regarder la courbe de son front, son nez effilé, sa gorge sans défense, ses cheveux bouclés à peine striés de blanc, sa maigreur poignante dans sa chemise aux manches retroussées d'une blancheur immaculée, ses bras robustes et ses mains bonnes, sa jambe raide dans le pantalon, ses chaussures usées mais parfaitement cirées, une dignité à en pleurer, dans ce corps offensé mais malgré tout encore inexplicablement fort et beau.

Puis là aussi, il y eut de beaux jours et tout semblait différent, les châtaigniers dorés, le ciel bleu et, dans la véranda où le Rescapé allait fumer ou lire et grand-mère faire semblant de broder, tout était lumière.

Il se levait pour regarder les collines par la fenêtre, songeur, puis chaque fois qu'il revenait s'asseoir, il la regardait et lui souriait d'un sourire liquide dont grand-mère était presque meurtrie, et l'émotion emplissait sa journée.

Un soir, le Rescapé passa devant la table de grand-mère et sembla hésiter à prendre place, alors elle enleva son manteau et son sac pour libérer un siège à côté d'elle, il s'assit, ils se sourirent en se regardant dans les yeux et ce soir-là ils restèrent sans manger ni boire. Le Rescapé souffrait du même mal qu'elle et ses reins aussi étaient pleins de calculs. Il avait fait la guerre, toute. Enfant, il lisait Salgari et s'était enrôlé dans la marine, il aimait la mer et la littérature, les poèmes surtout, qui l'avaient aidé dans les pires moments. Après la guerre, il avait achevé ses études universitaires, quitté depuis peu Gênes pour Milan où il enseignait l'italien en cherchant par tous les moyens à ne pas ennuyer ses élèves et il habitait l'entresol d'un de ces immeubles sur cour typiquement milanais, dans un deux pièces tout blanc sans traces de son passé. Il s'était marié en 1939 et avait une petite fille au cours préparatoire qui apprenait les lettres de l'alphabet et les frises, comme cela se pratiquait maintenant, des dessins semblables à ceux que brodait grand-mère sur ses serviettes, mais dans un cahier quadrillé où ces frises encadraient la page. Sa fille aimait beaucoup l'école, l'odeur des livres et des papeteries. Elle aimait la pluie et affectionnait les parapluies, ils lui en avaient acheté un multicolore comme un parasol, à cette époque à Milan il pleuvait toujours, mais sa fille l'attendait par n'importe quel temps assise sur les marches ou sautillant dans la grande cour intérieure où donnaient les appartements les plus modestes, sans compter qu'à Milan il y avait un brouillard dont grand-mère ne pouvait même pas avoir idée et elle, en entendant ces descriptions, s'imagina une espèce d'au-delà.

Pas d'enfant en revanche pour grand-mère. Sûrement à cause de ces pierres dans les reins. Elle aussi avait adoré l'école, mais on l'en avait retirée au cours moyen. L'instituteur était venu chez eux leur demander d'envoyer la petite en sixième, ou au moins en collège technique, car elle écrivait bien, ses parents avaient eu très peur d'être plus ou moins obligés de lui faire poursuivre ses études, ils l'avaient gardée à la maison et avaient dit au maître qu'il ne savait rien de leurs problèmes et qu'il ne devait pas revenir. Sauf qu'elle avait déjà appris à lire et à écrire, et qu'elle écrivait en cachette depuis belle lurette. Des poèmes. Peut-être des pensées. Des choses qui lui arrivaient, mais un peu inventées. Personne ne devait le savoir car on aurait pensé qu'elle avait l'esprit dérangé. Elle lui en parlait parce qu'elle avait confiance en lui, même si elle le connaissait depuis moins d'une heure.

Le Rescapé, enthousiaste, obtint qu'elle promette solennellement de ne pas avoir honte et qu'elle l'autorise à les lire si elle en avait apporté, ou bien qu'elle lui en récite, car c'étaient les autres à son avis qui étaient dérangés, pas elle. Lui aussi avait une passion : jouer du piano. Il en avait eu un dès son enfance, il appartenait à sa mère, et toutes les fois où il revenait en permission, il jouait pendant des heures. Son morceau de bravoure était les *Nocturnes* de Chopin, mais à son retour de guerre, le piano n'était plus là et il n'avait pas eu le courage de demander à sa femme ce qu'il était devenu. Maintenant il en avait racheté un et ses mains avaient commencé à se souvenir.

Ici à la station thermale, le piano lui manquait beaucoup, du moins avant qu'il se lie avec grand-mère, parce que lui parler, la regarder rire ou même s'attrister, voir ses cheveux se dénouer quand elle s'animait, ou admirer la peau fine de ses poignets qui contrastait avec ses mains crevassées, était comme jouer du piano.

De ce jour, grand-mère et le Rescapé ne se séparèrent plus sinon, à contrecœur, pour aller faire pipi et ils se fichaient éperdument du qu'en-dira-t-on, lui parce qu'il était du Nord et grand-mère, toute sarde qu'elle était, pour ne pas se montrer en reste.

Le matin, ils se retrouvaient dans la salle du petit-déjeuner car le premier levé mangeait lentement pour laisser à l'autre le temps d'arriver et tous les jours, grand-mère redoutait que le Rescapé fût parti sans l'avertir, ou bien qu'il se fût lassé de sa compagnie et qu'il changeât de table et passât devant elle en la saluant froidement, comme tous ces hommes du mercredi, des années plus tôt. Mais il choisissait toujours la même table qu'elle et si c'était elle qui arrivait après, on voyait bien qu'il l'attendait puisqu'il buvait simplement une tasse de café et que grand-mère le trouvait encore là, assis devant sa tasse désormais vide. Le Rescapé saisissait sa béquille, se levait comme pour saluer son capitaine et inclinait légèrement la tête :

« Bonjour, princesse. »

Et ma grand-mère riait, émue et heureuse :

« Princesse de quoi ? »

Puis il l'invitait à l'accompagner acheter le journal qu'il lisait chaque jour, comme grand-père, sauf que grand-père le lisait dans son coin, en silence, tandis que le Rescapé s'asseyait sur un banc avec elle, lui lisait des articles à voix haute, lui demandait son avis et peu importait qu'il eût des diplômes d'université et elle pas même son certificat d'études, on voyait qu'il accordait beaucoup d'importance à ce qu'elle pensait. Par exemple, il lui demandait son avis sur la Caisse pour le Midi, qu'en disaient les Sardes ? Et sur la guerre de Corée, quelle était l'opinion de grand-mère ? Et sur les événements en Chine ? Grand-mère demandait une explication approfondie, puis elle exprimait un avis et il n'était pas question de renoncer aux nouvelles quotidiennes, à sa tête qui pendant la lecture touchait celle du Rescapé, si proches que bien peu manquait qu'ils ne s'embrassent.

Puis il disait : « Et aujourd'hui, on rentre par où ? À vous de proposer le chemin qui vous plaît. »

Alors ils changeaient toujours de trajet et quand le Rescapé voyait que grand-mère était distraite et s'arrêtait soudain au milieu de la route pour regarder une façade d'hôtel, ou le feuillage des arbres, ou Dieu sait quoi comme elle en a été coutumière jusque dans sa vieillesse, il posait sa main sur son épaule et, d'une légère pression, la poussait sur le bord de la route. « Une princesse. Vous vous comportez comme une princesse. Vous ne vous souciez pas du monde autour de vous, c'est le monde qui doit se soucier de vous. Votre seule tâche est d'exister. C'est bien ça ? »

Cette fiction amusait grand-mère. « Future princesse de la rue Manno, actuellement de la rue Sulis et avant, de la province du Campidano. »

Sans rendez-vous précis, ils arrivaient de plus en plus tôt au petit-déjeuner afin d'avoir plus de temps pour le journal qu'ils lisaient tout près l'un de l'autre sur le banc, et pour leur promenade au cours de laquelle le Rescapé avait toujours l'occasion de poser sa main sur son épaule pour la diriger dans une autre direction.

Un jour, le Rescapé demanda à voir les bras de grand-mère en entier et, quand elle releva les manches de son chemisier, il parcourut d'un doigt attentif ses veines à fleur de peau.

« Une beauté, tu es une vraie beauté, dit-il passant du vous au tu. Mais toutes ces cicatrices ? »

Grand-mère répondit qu'elle s'était coupée en travaillant aux champs.

« Pourtant, on dirait des entailles au couteau.

– On coupe tellement de choses. C'est le travail de la terre qui veut ça.

– Mais pourquoi sur les bras et pas aux mains ? On dirait des coupures volontaires, elles sont nettes. »

Elle ne répondit pas, il lui prit la main, l'embrassa, embrassa toutes les cicatrices de ses bras et suivit du doigt les traits de son visage : « Une beauté, répéta-t-il, une beauté. »

Alors elle le toucha elle aussi, cet homme qu'elle avait observé pendant des jours, de sa chaise dans la véranda, délicatement, comme la sculpture d'un grand artiste, ses cheveux, la peau douce de son cou, le tissu de sa chemise, ses bras robustes et ses mains bonnes, enfantines, sa jambe et son pied en bois dans ses chaussures bien cirées.

Ce fut cette fois que le Rescapé lui dit que sa petite fille n'était pas de lui. En 1944, il était prisonnier des Allemands qui se repliaient vers l'est. En réalité, c'était la fille d'un résistant avec qui sa femme avait combattu et qui avait été tué dans une action. Le Rescapé aimait sa petite et il n'avait pas voulu en savoir davantage.

Il était parti en 1940, sur le croiseur Trieste, il avait fait naufrage plusieurs fois, avait été capturé en 1943, au large de Marseille, incarcéré au camp d'Inzert jusqu'en 1944 et avait perdu sa jambe pendant la retraite de l'hiver 1943-1944 : les Alliés les avaient rattrapés quand il se traînait encore et un médecin américain l'avait amputé pour lui sauver la vie.

Ils étaient assis sur un banc et grand-mère prit la tête du Rescapé entre ses mains, l'attira sur son cœur qui battait la chamade et défit les premiers boutons de son chemisier. Il caressa ses seins de ses lèvres qui souriaient. « Et si nous embrassions nos sourires ? » proposa grand-mère, alors ils échangèrent un baiser liquide, interminable, et le Rescapé lui dit ensuite que cette même idée, des sourires qui s'embrassent, était venue à Dante au chant cinq de l'Enfer pour Paolo et Francesca, qui s'aimaient et qui n'auraient pas dû.

La maison de grand-mère aussi, comme le piano du Rescapé, renaîtrait de ses cendres : un petit immeuble était en projet sur l'emplacement laissé par l'église San Giorgio et Santa Caterina et par l'ancienne maison de grand-père. Elle était sûre que sa maison serait magnifique, lumineuse, avec les bateaux qu'on croirait toucher, les couchers de soleil orange et violets, les hirondelles en partance pour l'Afrique et, à l'étage inférieur, un salon de réception, le jardin d'hiver, l'escalier et son tapis rouge, et une fontaine à jet d'eau dans la véranda. La rue Manno était une belle rue, la plus belle de

Cagliari. Le dimanche, grand-père lui achetait des gâteaux chez Tramer et les autres jours, quand il voulait la gâter, il lui prenait du poulpe au marché Santa Chiara et elle le faisait bouillir avec de l'huile, du sel et du persil.

La femme du Rescapé, elle, cuisinait désormais des côtelettes et du risotto, mais ses points forts restaient les *trenette* au pistou, le roulé de veau farci, la tourte aux blettes.

À Gênes, la maison du Rescapé se trouvait à côté de l'hôpital Gaslini, avec un jardin plein de figuiers, d'hortensias et de violettes, un poulailler, et il avait toujours habité là. À présent, il l'avait vendue à des gens charmants qui les hébergeaient chaque fois, leur donnaient des œufs frais et, en été, des tomates et du basilic à emporter à Milan. C'était une vieille maison humide, mais le jardin était de toute beauté et elle se noyait dans la verdure, le seul bien précieux là-dedans avait été son piano, hérité de sa mère, qui était très riche mais s'étant éprise de son père, un *camallo* comme on appelle les dockers à Gênes, avait été chassée par sa famille et la seule chose qu'ils lui avaient envoyée beaucoup plus tard avait été son piano.

Quand il était enfant, surtout en été après le dîner, parce qu'à Gênes on a pour habitude de manger tôt puis de sortir, sa mère l'emmenait souvent voir l'extérieur de la villa de ses grands-parents, le haut mur qui longeait toute la rue jusqu'au grand portail flanqué de la maison du gardien, qui ouvrait sur une allée de palmiers et d'agaves et sur une pelouse marquetée de fleurs qui montait, montait, jusqu'à la grande maison d'un blanc laiteux, avec ses terrasses à balustrade en plâtre sur trois niveaux et ses stucs d'un blanc de neige encadrant les rangées de fenêtres dont beaucoup étaient éclairées; le tout surmonté de quatre petites tours.

Mais sa mère lui disait que tout cela lui était bien égal, elle avait l'amour, de son mari et de son *figeto*, son petit garçon, et elle le serrait fort contre elle ; et les nuits d'été à Gênes avaient tant de lucioles que c'était le souvenir qu'il gardait de sa mère.

Elle était morte quand le Rescapé n'avait pas encore dix ans et son père ne s'était jamais remarié, il fréquentait les femmes des maisons closes de la rue Pre et elles lui avaient toujours suffi jusqu'à sa mort sous un bombardement, quand il travaillait encore au port.

La fille du Rescapé n'était peut-être pas l'enfant d'un maquisard. Peut-être son père était-il un Allemand et sa femme n'avait pas voulu le lui dire pour qu'il ne haïsse pas l'enfant d'un nazi. Elle avait peut-être dû se défendre. Un soldat allemand l'avait peut-être aidée. Ce qui était sûr, c'est qu'en mars 1943 sa femme, qui travaillait dans une usine, avait fait la grève pour le pain, la paix et la liberté et qu'elle ne lui avait jamais pardonné son uniforme de soldat, même si tout le monde savait que la Marine royale était fidèle au roi, tolérant le fascisme mais sans plus, quant aux Allemands n'en parlons pas, des montagnards, alors que leurs Alliés auraient dû être les Anglais, bref on ne trouvait pas dans la marine les délires de l'époque, c'étaient des gens sérieux, réservés, avec un sens marqué du sacrifice et de l'honneur.

Sa fille avait déjà l'accent milanais, un poupon pour jouer à la maman, une dînette en porcelaine et des cahiers pour les premières lettres de l'alphabet et les frises, elle aimait la mer qui surgissait à l'improviste à la sortie d'un tunnel pendant le voyage en train pour Gênes et elle avait beaucoup pleuré l'année précédente, quand ils avaient emménagé à Milan, elle se mettait au balcon et interpellait les passants: « Gênes ! Redonnez-moi Gênes ! Je veux mon Gênes ! » Si elle était la fille d'un Allemand, c'était d'un bon Allemand.

Grand-mère aussi, même si elle n'y connaissait rien en politique, était de l'avis que les Allemands envahisseurs de l'Italie ne pouvaient pas tous être de mauvaises gens. Et les Américains alors, qui avaient détruit Cagliari, l'avaient quasiment rasée au sol ? Son mari qui, lui, s'y connaissait en politique, lisait tous les jours le journal, était communiste et très intelligent et avait organisé la grève des travailleurs des salines, disait toujours qu'il n'y avait aucune raison stratégique pour dévaster ainsi la ville, et pourtant les pilotes des B17, les forteresses volantes, ne pouvaient pas être tous méchants, n'est-ce pas ? Parmi eux aussi, il se trouvait sûrement des gens bien.

Et maintenant, la maison de la rue Manno et le piano combleraient le vide, le Rescapé prit grand-mère dans ses bras, murmurant à son oreille des sons de contrebasse, de trompette, de violon, de flûte. Il savait imiter un orchestre entier. Ça pouvait sembler fou, mais durant les longues marches dans la neige ou quand, au camp de concentration, il devait disputer sa nourriture aux chiens pour amuser les Allemands, c'étaient ces sonorités et les poèmes qui l'avaient aidé à tenir.

Il lui dit aussi, toujours à l'oreille, que certains spécialistes de Dante affirment que Paolo et Francesca ont été surpris et tués aussitôt, mais d'autres pensent qu'avant de mourir, ils avaient partagé le plaisir. Le vers célèbre « Ce jour-là nous ne lûmes pas plus avant » prête à interprétation. Il ajouta que si grand-mère avait moins redouté l'enfer, eux aussi auraient pu s'aimer de la même façon. Grand-mère ne redoutait aucun enfer, vous pensez bien. Si Dieu était vraiment Dieu, comment aurait-il pu l'expédier en enfer maintenant, sachant combien elle avait désiré l'amour et prié pour au moins savoir ce que c'était.

Et comment parler d'enfer si, même devenue vieille, quand elle y repensait, elle souriait à cette image du Rescapé et elle, et de ce baiser. Et si elle était triste, cette photo qui s'était fixée dans son esprit la mettait en joie.

8

Quand je suis née, ma grand-mère avait plus de soixante ans. Je me souviens que, petite, je la trouvais très belle et ça me fascinait de la voir coiffer à l'ancienne mode ses cheveux qu'elle a toujours gardés noirs et abondants et qu'elle tressait de chaque côté, pour les enrouler ensuite en deux chignons. J'étais fière quand elle venait me chercher à l'école, avec ce sourire jeune au milieu des autres papas et mamans, car mes parents, musiciens, étaient toujours aux quatre coins du monde. Ma grand-mère a été tout entière à moi au moins autant que mon père tout entier à la musique, et ma mère tout entière à mon père.

Papa, aucune fille n'en voulait, et grand-mère en souffrait, se sentant coupable d'avoir peut-être transmis à son fils le mal mystérieux qui éloigne l'amour. C'était l'époque des dancings où les jeunes gens nouaient des amours sur des chansons des Beatles, mais mon père, zéro. De temps en temps, il répétait avec des jeunes filles des morceaux pour le conservatoire ; chanteuses, violonistes, flûtistes, elles le voulaient toutes pour les accompagner au piano le jour de l'examen car il était le meilleur, mais ça n'allait jamais plus loin.

Puis un jour, grand-mère alla ouvrir la porte et vit arriver maman, haletante, car ici rue Manno, il n'y a pas d'ascenseur, sa flûte en bandoulière. Elle avait un air timide, mais assuré, exactement l'air qu'a encore ma mère, et elle était belle, simple, fraîche et essoufflée; et tout essoufflée qu'elle était dans l'escalier raide, elle riait pour rien, joyeuse, comme rient les petites filles, grand-mère appela papa qui s'était enfermé pour travailler son piano et lui cria: «Elle est arrivée! La personne que tu attendais est arrivée!»

Maman non plus ne peut pas oublier le jour où ils devaient répéter un morceau pour piano et flûte, qu'il n'y avait plus de salles libres au conservatoire et que mon père lui avait proposé de venir rue Manno. Comme tout lui avait semblé parfait, grand-père, grand-mère, leur maison. Il faut dire qu'elle habitait une vilaine banlieue, toute en HLM grises, avec sa mère veuve, ma grand-mère Lia, sévère, rigide et obsédée par l'ordre et la propreté, qui cirait les sols et vous obligeait à utiliser des patins, toujours en noir, à qui maman devait téléphoner sans arrêt pour dire où elle était, mais sans jamais se lamenter, loin de là. La seule chose gaie de sa vie était la musique qu'en revanche madame Lia ne supportait pas, fermant toutes les portes pour ne pas entendre sa fille quand elle s'exerçait.

Maman était secrètement amoureuse de mon père depuis un bon moment, et elle aimait tout de lui, y compris le fait qu'il était toujours dans la lune, qu'il portait régulièrement ses pull-overs sens devant derrière, qu'il ne savait jamais quelle saison on était et qu'il se promenait en tee-shirt tant qu'il n'avait pas ramassé une bonne bronchite, on le disait dérangé et les filles n'en voulaient pas, malgré sa grande beauté, pour toutes ces raisons, et surtout parce que ce genre de lubies n'était pas à la mode à leur époque, ni même en définitive la musique classique où il excellait. Maman, elle, se serait coupée en quatre pour lui.

Les premiers temps, elle ne prenait aucun engagement, délibérément, elle ne cherchait même pas de travail parce que c'était la seule façon de rester avec papa : tourner pour lui les pages des rares partitions qu'il ne connaissait pas par cœur, assise sur le tabouret à ses côtés, partout dans le monde. En effet, si elle ne pouvait pas le suivre, par exemple quand je suis née, lui n'était pas à ses côtés. Le jour de ma naissance, il était à New York pour le *Concerto en sol* de Ravel. Mes grands-parents ne lui téléphonèrent même pas pour ne pas le perturber, de crainte qu'il ne joue mal à cause de moi. Alors, dès que j'ai été un petit peu plus grande, maman a tout acheté en double, deux parcs, deux trotteurs, deux chaises hautes, deux thermos, et elle a tout apporté ici rue Manno de façon à pouvoir boucler en vitesse un sac de linge de rechange, me confier à grand-mère et filer prendre l'avion pour rejoindre papa.

En revanche, ils ne me laissaient jamais chez ma grand-mère maternelle, madame Lia, sinon je pleurais toutes les larmes de mon corps car cette autre grand-mère, chaque fois que je faisais un dessin, par exemple, ou que je lui chantais une chanson dont j'avais inventé les paroles, s'assombrissait, disait qu'il y a des choses plus importantes, qu'il faut penser à ces choses importantes, je m'étais mis dans l'idée qu'elle détestait la musique de mes parents, qu'elle détestait les livres de contes qui me suivaient partout et pour la contenter, j'essayais de comprendre ce qui lui plaisait, mais elle semblait ne rien aimer. Maman disait que madame Lia était devenue ainsi parce que son mari était mort avant sa naissance, qu'elle s'était brouillée avec sa famille, très riche, et qu'elle avait quitté Gavoi, son village, qu'elle trouvait laid.

Je ne me souviens pas de mon grand-père, j'étais trop petite quand il est mort, le 10 mai 1978, jour où fut approuvée la loi 180 ordonnant la fermeture des asiles d'aliénés. Mon père m'a toujours dit que c'était un homme exceptionnel, tout le monde l'estimait énormément, la famille le chérissait parce qu'il avait sauvé grand-mère de tant de choses qu'il valait mieux ne pas s'étendre sur ce sujet, sauf que je devais faire attention avec grand-mère, je ne devais pas la contrarier, ni trop l'agiter. Un voile de mystère, de pitié peut-être, l'a toujours entourée. Il a fallu que je sois adulte pour apprendre qu'avant de rencontrer grand-père, ce fameux mois de mai 1943, elle s'était jetée dans le puits et que ses sœurs, en entendant le plongeon, s'étaient précipitées dans la cour et avaient appelé les voisins, ils étaient par miracle parvenus à la sortir de là en tirant la corde tous ensemble, une autre fois elle s'était volontairement enlaidie en se coupant les cheveux comme une galeuse, et elle se tailladait toujours les veines des bras. Pour ma part, j'ai connu une grand-mère différente, qui riait pour un rien et mon père dit la même chose, que lui aussi l'a connue tranquille, sauf une fois, et que ce n'étaient peut-être que des rumeurs. Mais je sais que c'est vrai. D'ailleurs grand-mère disait toujours que sa vie se partageait en deux : avant et après sa cure, comme si l'eau grâce à laquelle elle avait éliminé ses calculs s'était révélée miraculeuse à tous les niveaux.

9

Neuf mois après la cure naquit mon père, en 1951, et il n'avait que sept ans quand sa mère prit des ménages dans une maison bourgeoise, chez deux demoiselles, Doloretta et Fannì, avenue Luigi Merello, en cachette de grand-père et de tout le monde, parce qu'elle avait décidé que son fils devait suivre des cours de piano. Les demoiselles la plaignaient et cette histoire de musique leur semblait une folie. « *Narami tui chi no è macca una chi podia biviri beni e faidi sa zeracca poita su fillu depidi sonai su piano*[1]. » Mais elles la prirent si bien en affection qu'elle obtint des horaires sur mesure : elle venait après avoir accompagné papa à l'école Sebastiano-Satta et elle partait plus tôt pour pouvoir le récupérer et faire les courses, et si les bureaux et les écoles étaient en vacances, elle l'était aussi.

Grand-père a dû se demander pourquoi elle faisait toujours son ménage l'après-midi alors qu'elle disposait de toute sa matinée, mais il ne lui demanda ni ne lui reprocha jamais rien s'il trouvait

---

1. « Tu ne crois pas qu'il faut qu'elle soit dérangée pour aller faire des ménages quand elle pourrait vivre à l'aise, tout ça pour que son gosse apprenne le piano. »

du désordre ou si le déjeuner n'était pas prêt. Peut-être pensait-il que sa femme, le matin, écoutait des disques, désormais ils jouissaient d'une meilleure situation et elle s'était entichée de musique, Chopin, Debussy, Beethoven, elle écoutait leurs œuvres et pleurait sur *Madame Butterfly* et sur *La Traviata,* ou bien supposait-il peut-être qu'elle allait voir la mer au Poetto, ou prendre le café chez ses amies, mesdemoiselles Doloretta et Fannì.

En réalité, grand-mère, après avoir accompagné papa rue Angioy, remontait vite la rue Don Bosco jusqu'à l'avenue Merello, bordée de villas avec palmiers, terrasses à balustrade en plâtre, jardins agrémentés de bassins à poissons rouges et de fontaines à angelots. Les demoiselles l'attendaient effectivement pour le café et elles le lui servaient sur un plateau d'argent avant qu'elle ne commence son ménage parce que grand-mère était une vraie dame. Elles parlaient des hommes de leur vie, du fiancé de mademoiselle Fannì mort à Vittorio Veneto alors qu'il servait dans la brigade Sassari, et elle était toujours triste quand tout le monde fêtait cette victoire, le 24 octobre. Et grand-mère aussi parlait, bien sûr pas du Rescapé, ou de la folie, ou des maisons closes, mais des fiancés qui se défilaient oui, de grand-père qui l'avait aimée tout de suite et épousée, et les demoiselles se regardaient embarrassées, comme pour dire que même un aveugle aurait vu qu'il l'avait épousée pour payer sa dette envers la famille, mais elles se taisaient, pensant peut-être qu'elle était un peu spéciale et ne s'apercevait de rien, sûrement à cause de *su macchiòri de sa musica e de su piano,* sa lubie de la musique et du piano, qui, pour elles, devait être pure folie, vu qu'elles possédaient un piano et n'y touchaient jamais, elles s'en servaient pour poser des napperons et des objets divers, des vases, tandis que grand-mère le dépoussiérait d'un geste presque caressant et soufflait dessus avant de le frotter avec un chiffon qu'elle avait acheté elle-même spécialement.

Ses patronnes un jour lui firent une proposition : elles n'avaient pas de disponibilité financière, depuis toujours elles étaient habituées à employer des gens de maison, mais elles ne pouvaient pas continuer à payer grand-mère, en revanche on pouvait fixer un prix pour le piano, que grand-mère paierait chaque jour avec ses heures, elle dirait à son mari que c'était un cadeau de ses amies. Elles avaient même ajouté la lampe qui éclairait le clavier, mais grand-mère dut la revendre aussitôt pour payer le transport, de l'avenue Merello à la rue Manno, et l'accordeur.

Le jour où le piano partit pour la rue Manno, elle était tellement contente qu'elle courut tout le long pour précéder le fourgon, en récitant de plus en plus vite les premiers vers d'un poème que le Rescapé avait écrit pour elle, d'une traite, sans point ni virgule : *Si tu as laissé un signe léger qui sinue dans la vie Si tu as laissé un signe léger qui sinue dans la vie Si tu as laissé un signe léger qui sinue dans la vie.* Ils installèrent le piano dans la grande pièce lumineuse qui donne sur le port. Papa jouait prodigieusement bien.

Et il joue prodigieusement bien. Parfois on parle même de lui dans les journaux, on dit qu'il est le seul Sarde qui ait vraiment réussi dans la musique et on déroule le tapis rouge devant lui dans les salles de concert à Paris, à Londres, à New York. Grand-père avait un album en cuir vert bouteille réservé aux photos et aux coupures de presse des concerts de son fils.

Mon père m'a toujours parlé surtout de grand-père.

Il aimait sa mère, mais elle lui était étrangère et quand elle lui demandait comment ça s'était passé, il répondait : « Normalement, m'man. » Alors grand-mère lui disait que ça n'existait pas, normalement, que les choses étaient forcément d'une façon plutôt que d'une autre, on voyait qu'elle en faisait une maladie, qu'elle était jalouse quand après, attablés tous les trois avec grand-père, les choses du monde prenaient cette façon que grand-mère avait indiquée. Maintenant que sa mère est morte, papa ne se le pardonne pas, mais il ne lui venait jamais rien à l'esprit. Elle n'était allée à ses concerts qu'une seule fois, quand il était jeune, mais elle avait dû sortir, submergée par l'émotion. Or grand-père qui la protégeait toujours, même si lui non plus ne savait jamais que lui dire et n'était certainement pas affectueux, ne l'avait pas suivie, il était resté savourer le concert de son fils. Il en avait été très heureux et il n'en finissait plus de le complimenter.

Papa est content qu'en revanche ma relation avec elle ait été facile. Tant mieux. Ça vaut mieux. D'ailleurs c'est grand-mère qui m'a élevée. J'ai passé plus de temps rue Manno qu'à la maison et quand maman et lui revenaient, je ne voulais plus partir. Petite, je faisais des scènes épiques, je hurlais, je me cachais sous les lits, ou je m'enfermais à clé dans une pièce et pour que je sorte, ils devaient jurer de me ramener. Un jour, je m'étais même cachée dans un grand vase vide en piquant des tiges dans mes cheveux. Et puis le lendemain, même comédie. Je refusais de rapporter mes poupées et mes jeux à la maison. Puis, plus grande, mes livres. Je disais que je devais impérativement rester travailler chez grand-mère parce que ce n'était pas pratique de me déplacer, en particulier à cause des dictionnaires. Ou alors, si j'invitais mes copains, je préférais que ce soit chez grand-mère parce qu'elle avait une terrasse. Bref, je l'avais peut-être aimée de la bonne façon. Avec mes scènes déchirantes, mes pleurs, mes trépignements, mes accès de joie. Quand je rentrais de voyage, elle était déjà dans la rue à m'attendre, je courais à sa rencontre, on s'embrassait et on pleurait d'émotion comme si je revenais de la guerre et pas d'un voyage d'agrément.

Après les concerts de papa, comme grand-mère ne venait pas, je me pendais au téléphone des différentes villes du monde et je lui décrivais tout en détail, je lui donnais même un petit aperçu musical et je lui rapportais les applaudissements et les sensations que l'exécution avait provoqués. Ou bien, si le concert avait lieu par ici, je courais aussitôt rue Manno et grand-mère s'asseyait, m'écoutait les yeux fermés, souriait et battait la mesure, les pieds dans ses pantoufles.

Quant à madame Lia, les concerts de papa lui restaient en travers de la gorge, elle disait que son gendre n'avait pas un vrai travail, que le succès pouvait l'abandonner d'un instant à l'autre et qu'alors il se retrouverait à la rue avec maman et moi, sauf bien sûr qu'il y avait les parents, enfin, tant qu'ils étaient en vie. Elle savait ce que signifiait se débrouiller toute seule, ne demander d'aide à personne. Elle connaissait la vie, malheureusement, la vraie. Mon père ne lui en voulait pas, ou peut-être ne s'apercevait-il pas du mépris de sa belle-mère qui ne le félicitait jamais et jetait systématiquement à la poubelle les journaux qui parlaient de lui, ou bien les utilisait pour laver les vitres ou pour protéger les sols quand il y avait des travaux.

Papa a toujours eu sa musique, et le reste du monde lui a toujours été complètement égal.

10

Ses fiancés qui désertaient, le puits, sa coupe de galeuse, ses cicatrices sur les bras et les maisons closes de grand-père, grand-mère les raconta au Rescapé la première nuit qu'ils passèrent ensemble, bravant l'enfer. Et grand-mère disait qu'elle n'avait vraiment parlé avec quelqu'un que deux fois dans sa vie : avec lui et avec moi. C'était l'homme le plus maigre et le plus beau qu'elle eût jamais vu, et l'amour le plus intense et le plus long. Parce que le Rescapé, avant de la pénétrer encore et encore, l'avait déshabillée lentement, il s'était attardé à caresser chaque partie de son corps en lui disant qu'elle était belle, il avait voulu enlever lui-même ses épingles à cheveux, plonger les mains comme font les enfants dans ce nuage de boucles noir corbeau, dégrafer ses vêtements, rester à la regarder nue, allongée sur le lit, admirant ses seins pleins et fermes, sa peau blanche et douce, ses longues jambes et tout cela, en la caressant et en l'embrassant là où jamais on ne l'avait embrassée. À défaillir de plaisir. Puis grand-mère aussi l'avait déshabillé, avait posé délicatement la jambe de bois au pied du lit et avait longuement embrassé et caressé l'endroit mutilé. Et dans son cœur, pour la première fois, elle avait remercié Dieu de l'avoir fait naître, de l'avoir sortie du puits, de lui avoir donné de beaux seins, de beaux cheveux et même, ou plutôt surtout, des calculs aux reins. Après, il lui avait dit qu'elle avait été sensationnelle, qu'il n'avait jamais rencontré de femme comme elle dans aucune maison, à aucun prix. Alors grand-mère lui avait fièrement énuméré ses prestations. La proie : l'homme capture la femme, nue, dans un filet de pêcheur où il pratique une fente juste pour la pénétrer. C'est son poisson. Il la touche partout, mais ne sent que ses formes, pas sa peau. L'esclave : dans la baignoire, il se fait laver et caresser par elle, les seins nus qu'elle lui tend pour qu'il les morde, sans oser le regarder. La geisha : il se fait simplement raconter des histoires qui le distraient de ses problèmes quotidiens et il n'est pas dit qu'il y ait passage à l'acte. Le déjeuner : elle s'allonge, l'homme pose de la nourriture sur elle comme sur une table, par exemple un fruit dans son vagin ou de la confiture sur ses seins, ou de la sauce, ou de la crème pâtissière, et il mange tout. La petite fille : c'est lui qui la lave dans la baignoire avec beaucoup de mousse, il passe bien partout et elle, par gratitude, le prendra dans sa bouche. La muse : il la photographie dans les poses les plus obscènes, les cuisses ouvertes pendant qu'elle se masturbe et agace ses tétons. La femme chienne : vêtue d'un porte-jarretelles, elle apporte le journal dans sa bouche à l'homme qui lui caresse le sexe par-derrière, ou les cheveux, ou les oreilles, et lui dit bonne chienne. La servante : elle lui apporte son café au lit dans une tenue modeste mais qui montre presque complètement ses seins, qu'elle se laisse traire, puis elle monte sur la commode pour faire le ménage et elle n'a pas de culotte. La paresseuse : elle est attachée sur le lit parce qu'on doit la punir avec la ceinture, mais grand-père ne lui faisait jamais vraiment mal. Grand-mère s'en était toujours magnifiquement sortie et après chaque prestation son mari disait combien ça aurait coûté en maison, ils mettaient cette somme de côté pour quand ils reconstruiraient rue Manno et grand-mère voulait toujours qu'une petite partie paie son tabac à pipe. Mais ils continuaient à dormir chacun de son côté du lit, et ne parlaient pas davantage d'eux, et c'est peut-être pour ça que grand-mère n'oublierait jamais l'émotion qu'elle éprouva ces nuits-là quand, le bras du Rescapé au-dessus de sa tête, sa main endormie mais présente semblait lui caresser les cheveux. Le Rescapé dit qu'à son avis grand-père était un heureux homme, vraiment, et pas, comme elle le prétendait, un malchanceux qui aurait écopé d'une pauvre folle, elle n'était pas folle, simplement elle était une créature que Dieu avait faite à un moment où Il n'avait pas envie des femmes habituelles en série, Il avait eu une inspiration poétique et Il l'avait créée, grand-mère riait de bon cœur, disait qu'il était fou lui aussi et que c'était pour ça qu'il ne voyait pas la folie des autres.

Une des nuits suivantes, le Rescapé dit à grand-mère que son père n'était pas mort pendant un des bombardements sur Gênes, mais torturé par la Gestapo. Ils avaient jeté son cadavre dans la rue, défiguré par les sévices, devant la résidence universitaire. Mais il n'avait pas révélé où se trouvaient sa belle-fille et les résistants qui, de chez lui, télégraphiaient aux Alliés. Il avait voulu rester sur place pour que tout semble normal à la personne qui les surveillait après la délation, et ainsi les autres avaient pu se réfugier dans les montagnes de l'Apennin. Il voulait que son fils réussisse à fonder une famille avec sa femme, avait-il déclaré à sa belle-fille en lui disant adieu, et puis il avait attendu la Gestapo.

Sa fille était née au maquis. Mais ce n'était peut-être pas vrai, il sentait que c'était la fille d'un Allemand. Il ne pouvait même pas imaginer sa femme amoureuse d'un autre, c'est pour cela qu'il sentait que le père de sa fille était un monstre qui peut-être l'avait prise de force, sûrement quand elle avait essayé de sauver son beau-père. Et il n'avait plus réussi à toucher cette femme, c'est pour cela qu'ils n'avaient pas d'enfants. Lui aussi était devenu un client de maison close. Le Rescapé éclata en sanglots et il mourait de honte car, enfant, on lui avait appris à ne jamais montrer son chagrin. Alors grand-mère aussi se mit à pleurer en disant qu'elle, on lui avait appris à ne jamais montrer de joie, et peut-être à raison, parce que la seule chose qui lui avait réussi, se marier avec grand-père, lui avait été indifférente et qu'elle n'avait pas compris pourquoi tous ses prétendants se défilaient, mais en fin de compte que savons-nous vraiment des autres, qu'en savait le Rescapé.

Une fois, à propos d'incompréhension mutuelle, elle avait pris son courage à deux mains et, le cœur battant si fort qu'il semblait bondir hors de sa poitrine, elle avait demandé à grand-père si, maintenant qu'il la connaissait mieux, même si ça restait vraiment pas grand-chose, mais disons maintenant qu'il avait vécu avec elle tout ce temps et qu'il n'avait plus eu besoin de fréquenter les maisons closes, eh bien, s'il l'aimait. Et grand-père avait eu une espèce de sourire pour lui-même sans la regarder, puis il lui avait donné une tape sur les fesses et il n'avait pas pensé un instant à lui fournir une réponse. Une autre fois, pendant une prestation qu'elle ne pouvait pas raconter au Rescapé, grand-père lui avait dit qu'elle avait le plus beau cul qu'il s'était jamais tapé de sa vie. Bref, que pouvons-nous savoir, vraiment, même des personnes les plus proches.

11

En 1963, grand-mère alla avec son mari et papa rendre visite à sa sœur et à son beau-frère qui avaient émigré à Milan.

Pour les aider, la famille était allée jusqu'à vendre la maison du village et mes grands-parents avaient renoncé à leur part, mais ils n'avaient pas davantage pu vivre à trois familles d'exploitants agricoles sur une propriété de moins de vingt hectares. La réforme agraire avait été timide et le Plan de Renouveau, inadapté, car fondé sur l'industrie chimique et sidérurgique qui n'avait pas sa place ici chez nous, comme disait grand-père, et qui était implantée par les continentaux avec des fonds publics alors que la Sardaigne aurait eu un avenir dans les industries manufacturières en s'appuyant sur les ressources déjà existantes. Qu'une des sœurs au moins fût partie avait au fond bien arrangé les deux autres qui vivaient de la terre.

Grand-mère en avait été très affectée et elle n'était même pas allée à San Gavino voir cette plus jeune sœur, son mari et leurs enfants prendre le train pour Porto Torres. Et elle avait été très affectée aussi à cause de la maison. Les nouveaux propriétaires avaient remplacé le portail, surmonté d'un arc, par une grille métallique. Une fois abattus le mur bas qui la séparait de la cour et les piliers en bois, la *lolla* avait été fermée par une véranda en aluminium. L'étage, très bas, qui donnait sur le toit de la *lolla* et où avant se trouvait le grenier, était devenu une mansarde comme on en voit sur les cartes postales des Alpes. L'étable pour les bœufs et le bûcher, transformés en garage. Les parterres, réduits à un mince périmètre au pied du mur. Le puits, bouché au ciment. Le toit de tuiles, sur le grenier devenu mansarde, remplacé par une terrasse bordée d'un parapet en briques perforées. Les carreaux de terre cuite multicolores qui dessinaient au sol des motifs kaléidoscopiques, recouverts de grès. Et les sœurs avaient trop de meubles pour la pièce qu'elles étaient allées occuper dans les familles de leurs maris, personne n'en voulait, vieux et encombrants, venus d'une époque qu'il convenait d'oublier. Seule grand-mère avait emporté sa chambre à coucher de jeune mariée, pour la reconstituer rue Manno.

À l'époque de leur voyage à Milan, elle les savait désormais riches car sa sœur lui écrivait que *Milàn l'è il gran Milàn* comme le vantaient les Milanais, qu'il y avait du travail pour tout le monde, que le samedi ils faisaient leurs courses au supermarché, qu'ils remplissaient des chariots de nourriture toute prête et que c'en était fini de leur obsession d'économiser, de couper un certain nombre de tranches de pain et pas plus, de retourner manteaux, vestes et tailleurs, de détricoter les pulls pour réutiliser la laine, de faire ressemeler indéfiniment les chaussures.

À Milan, ils allaient dans les grands magasins et s'habillaient de neuf. Ce qu'elle n'aimait pas, c'était le climat, la pollution qui noircissait les poignets des vêtements et les cols des chemises et des tabliers d'école des enfants. Elle devait tout laver sans arrêt, mais à Milan, il y avait autant d'eau qu'on en voulait, ils ne la mettaient pas un jour sur deux seulement comme en Sardaigne, on pouvait la laisser couler sans se soucier de se laver d'abord pour, ensuite, laver la lessive dans l'eau savonneuse et enfin, utiliser cette eau usée dans les W.C. À Milan laver et se laver était un amusement. Et puis sa sœur n'avait guère de travail après son ménage, qui était d'abord fait parce que les logements étaient petits vu qu'ils étaient des millions d'habitants, pas comme en Sardaigne où ils avaient ces maisons énormes qui ne servaient à rien parce qu'elles n'avaient pas de confort, bref le ménage était vite fini, et après elle sortait dans la grande ville lécher les vitrines et acheter, acheter.

Grand-père et grand-mère ne savaient pas quoi apporter à leurs riches parents de Milan. Au fond, ils n'avaient besoin de rien. Alors grand-mère proposa un colis poétique, le colis de la nostalgie parce qu'ils mangeaient et s'habillaient bien, d'accord, mais de la saucisse sarde, une bonne meule de pecorino, de l'huile, du vin de la Marmilla, un jambon, des cardons à l'huile et des pulls tricotés par grand-mère, bref de quoi leur rendre les parfums de chez nous.

Ils partirent sans avertir. Ils leur feraient la surprise. Grand-père commanda un plan de Milan, étudia de près les itinéraires pour les plus beaux endroits de la ville.

Ils s'habillèrent de neuf tous les trois pour être à la hauteur. Grand-mère s'acheta des crèmes Elisabeth Arden car, la cinquantaine approchant, elle voulait que le Rescapé, car son cœur lui disait qu'ils allaient se rencontrer, la trouve encore belle. Mais elle ne s'inquiétait pas outre mesure. Tout le monde était persuadé qu'un homme de cinquante ans ne regarde jamais une femme de son âge, mais ces raisonnements valaient pour les choses du monde. Pas pour l'amour. L'amour ne s'attarde ni sur l'âge ni sur rien qui ne soit l'amour. Et c'est exactement de cet amour-là que le Rescapé l'avait aimée. La reconnaîtrait-il tout de suite ? Quelle mine ferait-il ? Ils ne s'embrasseraient pas en présence de grand-père, de papa, ou de la femme du Rescapé, ou de sa fille. Ils se serreraient la main et se regarderaient, longtemps. À en mourir. Mais si elle essayait de sortir seule et qu'elle le rencontrât seul, alors là oui. Ils tomberaient dans les bras l'un de l'autre et s'embrasseraient pour récupérer toutes ces années. Et s'il le lui demandait, elle ne rentrerait plus jamais chez elle. Car l'amour est plus important que tout le reste.

Grand-mère n'était jamais allée sur le Continent, si ce n'est à la petite station thermale, et malgré ce que lui avait écrit sa sœur, elle croyait qu'on se rencontrait aussi aisément à Milan qu'à Cagliari, elle était très émue car elle pensait tomber tout de suite sur son Rescapé, dans la rue. Mais Milan était très grand, très haut avec des immeubles imposants et somptueusement décorés, très beau, gris, brumeux, avec une circulation intense, un ciel fragmenté entre les branches nues des arbres, une débauche d'éclairages de magasins, de phares de voitures, de feux rouges, de grincements de tram, de piétons le nez enfoui dans le col de leurs manteaux, dans une atmosphère pluvieuse.

À peine descendue du train à la gare centrale, elle guetta tous les hommes pour voir si elle trouvait le sien, grand, maigre, le visage doux, mal rasé, avec son imperméable flottant et ses béquilles, il y en avait une foule, d'hommes, qui montaient et descendaient de ces trains qui partaient dans toutes les directions, Paris, Vienne, Rome, Naples, Venise, le monde était grand et riche que c'en était impressionnant, mais lui n'était pas là.

Ils finirent par trouver la rue et l'immeuble de sa sœur qu'ils avaient imaginé moderne, une espèce de gratte-ciel, et qui en réalité était vieux. Grand-mère le trouva superbe même si la façade était en mauvais état, que les stucs autour des fenêtres avaient perdu leurs têtes d'angelot et leurs tiges de fleurs, et les persiennes leurs lames, qu'aux balcons de nombreux morceaux de balustrade avaient été remplacés par des planches, et par du carton de nombreux carreaux aux fenêtres. L'entrée était barbouillée de graffitis, les étiquettes avec les noms de famille n'étaient pas sous verre, mais collées à côté de l'unique sonnette. Pourtant ils étaient sûrs d'être au bon endroit puisque les lettres allaient et venaient de cette adresse milanaise depuis un an. Ils sonnèrent et une femme apparut au balcon du premier étage. Elle dit qu'à cette heure-ci, les *sardignoli* étaient sortis, mais qu'ils pouvaient entrer et monter demander aux autres *terùn*[1]. Et eux, qui étaient-ils ? Ils cherchaient une employée de maison ? Les *sardignole* étaient les plus fiables.

Alors ils entrèrent tous les trois. Il faisait sombre, ça sentait le renfermé, les latrines et le chou. À voir l'énorme vase qui trônait en son centre, l'escalier avait sûrement été somptueux mais les bombardements de la dernière guerre avaient dû l'endommager car de nombreuses marches semblaient instables. Grand-père voulut passer le premier, en rasant le mur, puis il fit monter papa dont il tint la main fermement et dit à grand-mère de poser les pieds exactement là où il les avait mis lui-même.

Ils montèrent jusque sous les toits. Mais il n'y avait pas d'appartements. Une porte ouverte donnait dans un couloir sombre et interminable desservant toute une série de portes de combles. C'est sur ces portes de combles qu'étaient punaisés les bouts de papier portant des noms dont, tout au bout, celui de leur beau-frère. Ils frappèrent, personne ne vint ouvrir, mais d'autres personnes sortirent dans le couloir et quand ils dirent qui ils cherchaient et qui ils étaient, ces gens les accueillirent à bras ouverts et les invitèrent à entrer dans leur soupente et à attendre là. Le beau-frère faisait sa tournée avec sa charrette de chiffonnier, la sœur était à ses ménages, les enfants passaient leurs journées chez les religieuses.

1. Termes milanais péjoratifs désignant les Sardes et les gens du Sud.

On les fit asseoir sur le grand lit, sous l'unique vasistas d'où on voyait un morceau de ciel gris et papa voulait aller aux toilettes, mais grand-père lui fit les gros yeux parce qu'il était clair qu'il n'y avait pas de toilettes.

Ils auraient peut-être dû s'en aller tout de suite. Ils ne pouvaient donner à ces pauvres malheureux qu'une immense honte. Mais il était trop tard. Ces voisins affectueux et prévenants, « culs-terreux » eux aussi, les avaient déjà assaillis de questions, et s'esquiver maintenant aurait en plus été méprisant et offensant.

Ils restèrent donc et seul grand-père était vraiment triste. Papa jubilait en tout état de cause car il trouverait à Milan des partitions qu'à Cagliari il fallait commander en patientant des mois et pour grand-mère tout ce qui comptait, c'était de rencontrer le Rescapé, elle attendait cet instant depuis leur automne 1950. Elle demanda tout de suite à sa sœur où se trouvaient ces fameux immeubles sur cour, elle lui dit qu'ils l'intriguaient parce qu'elle en avait entendu parler, elle eut alors l'indication de la zone où il y en avait le plus et elle laissa grand-père aller avec papa voir la Scala, le Dôme, la galerie Vittorio-Emanuele, le château des Sforza et acheter les partitions introuvables à Cagliari. On voyait que grand-père n'appréciait pas, mais il n'avait rien dit, comme toujours, et il ne créa aucune difficulté. Au contraire, le matin, il lui montrait sur le plan les itinéraires pour arriver dans ces endroits dont elle était curieuse, il lui indiquait le tram qu'elle devait prendre et lui donnait toujours des jetons de téléphone, les numéros utiles et l'argent nécessaire, au cas où elle se perdrait. Il suffisait qu'elle garde son calme, qu'elle appelle un taxi d'une cabine et elle rentrerait tranquillement à la maison.

Grand-mère n'était ni insensible, ni stupide, ni méchante, elle mesurait parfaitement la portée de ses actes, elle savait bien qu'elle contrariait grand-père. Et elle ne le voulait pour rien au monde. Pour rien au monde, mais pour son amour, si.

C'est ainsi que, très émue, elle partit à la recherche de l'endroit où habitait le Rescapé. Elle était sûre de le trouver : à l'extérieur, un immeuble haut et massif avec des balcons en pierre ouvragés, à l'intérieur, un grand portail et un porche qui formaient une entrée monumentale et donnaient sur une vaste cour, autour de laquelle circulait, sur plusieurs étages, un passage à ciel ouvert bordé d'une rambarde. Le Rescapé habitait l'entresol, une porte en haut de trois ou quatre marches où sa fille l'attendait assise par n'importe quel temps, avec les fenêtres à barreaux et deux grandes pièces peintes en blanc sans traces de son passé. Grand-mère, le cœur battant à tout rompre comme si elle s'apprêtait à commettre un crime, entra dans un bar, demanda un annuaire, chercha le nom de famille du Rescapé, mais il y avait de pleines pages de ce patronyme pourtant génois, le seul espoir consistait à avoir de la chance, à tomber sur le bon quartier, et sur le bon immeuble. Il y avait des immeubles sur cour dans beaucoup de rues interminables et grand-mère regardait aussi dans les magasins, qui étaient luxueux, les épiceries ressemblaient à Vaghi de la rue Bayle à Cagliari, mais en grand nombre et bondées, le Rescapé faisait peut-être ses courses en rentrant du travail et alors elle le verrait surgir devant elle, splendide dans son imperméable flottant, souriant et lui disant que lui non plus ne l'avait pas oubliée et que, dans son cœur, il l'attendait.

Pendant ce temps, papa, ses jeunes cousins et grand-père étaient allés au centre ville en se tenant par la main dans le brouillard de plus en plus épais, grand-père avait offert à son fils et à ses neveux un chocolat chez Motta, confortablement assis à une table, puis il les avait emmenés dans les meilleurs magasins de jouets où il avait acheté à ses neveux des Legos, des avions miniatures capables de décoller et même un baby-foot petit modèle, puis ils étaient entrés dans le Dôme, ils avaient mangé une glace avec chantilly dans la galerie Vittorio-Emanuele et mon père parle de ce voyage à Milan comme d'un moment absolument génial sauf que son piano lui avait manqué. Si grand-mère avait trouvé le Rescapé, elle serait partie avec lui, de but en blanc, en n'emportant que ce qu'elle avait sur elle, son manteau neuf, son bonnet en laine enfoncé sur ses cheveux attachés, son sac à main et ses chaussures spécialement achetées pour être élégante quand elle le rencontrerait.

Tant pis pour papa et grand-père, même si elle les aimait et qu'ils lui manqueraient terriblement. Elle se consolait en pensant que de toute façon, ils ne faisaient qu'un, qu'ils parlaient toujours tous les deux à quelques pas devant elle quand ils sortaient, qu'à table ils discutaient pendant qu'elle lavait la vaisselle, que papa petit voulait avant tout son père pour lui souhaiter la bonne nuit, raconter l'histoire pour s'endormir et effectuer tout le cérémonial rassurant que les enfants réclament avant de se coucher. Tant pis pour Cagliari, pour les rues étroites et sombres du quartier du Castello s'ouvrant soudain sur une mer de lumière, tant pis pour les fleurs qu'elle avait plantées et qui inonderaient de couleurs la terrasse de la rue Manno, tant pis pour le linge étendu au mistral. Tant pis pour la plage du Poetto, long désert de dunes blanches face à une eau limpide où l'on s'avançait sans s'enfoncer jamais tandis que des bancs de poissons vous passaient entre les jambes. Tant pis pour les étés à la cabine de plage rayée blanc et bleu clair, tant pis pour les assiettées de *malloreddus* à la sauce tomate et saucisse après le bain. Tant pis pour son village, avec ses odeurs de cheminée, de cochon, d'agneaux et d'encens à l'église, quand ils allaient chez ses sœurs les jours de fête. Mais ensuite le brouillard avait encore épaissi, les derniers étages des immeubles semblaient enveloppés de nuages et on ne voyait les gens qu'au moment de leur rentrer dedans, ils n'étaient que des ombres.

Les jours suivants, dans les rues de Milan encore envahies par le brouillard, grand-père la tenait par le bras et papa par les épaules, de l'autre côté, donnant à son tour la main aux plus jeunes des cousins parce qu'ainsi, serrés les uns contre les autres, ils ne se perdraient pas et profiteraient quand même des choses proches, et tant pis pour celles que le brouillard gommait. Au cours de ces derniers jours, depuis que grand-mère avait arrêté de chercher ses immeubles sur cour, grand-père débordait d'une allégresse étrange, il plaisantait sans arrêt, à table tout le monde riait, même la soupente ne semblait plus aussi sordide et exiguë et, quand ils sortaient se promener ainsi enlacés, si grand-mère n'avait pas eu cette nostalgie poignante du Rescapé qui l'empêchait presque de respirer, elle aussi aurait ri aux boutades de grand-père.

C'est au cours de ces journées qu'il conçut une idée dont il ne démordit plus, lui acheter une robe vraiment belle et digne d'un voyage jusqu'à Milan, et il dit aussi quelque chose qu'il n'avait jamais dit avant: «Je veux que tu t'en achètes une belle. Très belle.»

Et ils s'arrêtaient devant les vitrines les plus chic, papa et les cousins ronchonnaient toujours parce que c'était vraiment casse-pieds d'attendre grand-mère qui, l'air désabusé, se livrait à des essayages divers.

Maintenant les possibilités de rencontrer le Rescapé, dans ce Milan que noyait le brouillard, diminuaient de plus en plus, et grand-mère se fichait complètement de la robe, mais ils l'achetèrent quand même, avec des motifs cachemire couleur pastel, grand-père voulut qu'elle dénoue son chignon dans le magasin, pour voir l'effet de toutes ces lunes et étoiles bleues et roses du cachemire sous le nuage de ses cheveux noirs, il fut tellement content de cet achat qu'il voulait que grand-mère porte sa robe neuve chaque jour sous son manteau et avant de sortir, il la faisait tournoyer en disant: «Elle est superbe» mais on avait l'impression qu'il voulait dire: «Tu es superbe.»

Et cela non plus, grand-mère ne se le pardonna jamais. De ne pas avoir su saisir ces mots au vol et en être heureuse.

Au moment des adieux, elle sanglotait la joue appuyée sur sa valise et ce n'était pas pour ses sœur, beau-frère et neveux, mais parce que le destin n'avait pas voulu qu'elle rencontre le Rescapé et que cela signifiait donc qu'il était mort. Elle se souvint qu'à l'automne 1950 elle avait cru arriver dans l'au-delà et puis il était si maigre, son cou mince, sa jambe mutilée, sa peau et ses mains d'enfant, et cette terrible retraite vers l'est, le camp de concentration, les naufrages, peut-être un nazi père de sa petite fille, maintenant elle sentait qu'il était mort. Sinon, il l'aurait cherchée, il savait où elle habitait et Cagliari n'est pas Milan. Le Rescapé pouvait vraiment ne plus exister et c'était pour cela que maintenant, elle pleurait. Grand-père la prit dans ses bras et l'allongea sur l'unique lit, sous le vasistas de la soupente. On la consolait. On lui mit dans la main un petit verre pour le toast d'adieu, sa sœur et son beau-frère dirent que c'était pour se rencontrer en des temps meilleurs, mais grand-père ne voulut pas trinquer aux temps meilleurs, mais bien à ce séjour où ils avaient été tous ensemble, où ils avaient bien mangé, et bien ri aussi.

Alors grand-mère, son verre à la main, pensa que le Rescapé était peut-être vivant, du reste il avait survécu à tant d'horreurs, pourquoi n'aurait-il pas tenu bon dans la vie normale ? Et elle pensa aussi qu'il restait une heure, tout le trajet en tram jusqu'à la gare et que le brouillard était en train de se lever. Arrivés à la gare centrale toutefois, il restait peu de temps avant le départ de leur train pour Gênes où ils prendraient le bateau, puis encore le train, et recommencerait alors cette vie où le matin vous arrosez les fleurs de la terrasse, puis vous préparez le petit-déjeuner, et le repas de midi, et le dîner, où votre mari et votre fils, si vous leur demandez comment ça s'est passé, vous répondent : « Normalement. Ne t'inquiète pas » et jamais ils ne vous racontent les choses comme il faut, comme le faisait le Rescapé, jamais votre mari ne vous dit que pour lui vous êtes unique, celle qu'il avait toujours attendue et qu'en ce mois de mai 1943 sa vie avait changé, jamais, malgré les prestations au lit de plus en plus perfectionnées et toutes les nuits où, dans ce lit, vous avez dormi avec lui. Alors maintenant, si Dieu ne voulait pas qu'elle rencontre le Rescapé, il n'avait qu'à la faire mourir. La gare était sale, le sol jonché de papiers gras et de crachats. Pendant qu'elle attendait, assise, que son mari et son fils achètent leurs billets – pas une fois papa ne choisissait de rester un peu avec elle et il avait donc préféré faire la queue avec grand-père –, elle remarqua un chewing-gum collé sous son siège, elle sentit une odeur de latrine et fut envahie d'une infinie répugnance pour Milan qui lui sembla laid, comme le monde entier.

Elle suivit grand-père et papa qui bavardaient entre eux, sur l'escalator pour le quai, elle pensa que si elle avait rebroussé chemin, ils ne s'en seraient même pas aperçus. Maintenant le brouillard s'était dissipé. Elle continuerait à chercher le Rescapé par toutes les rues répugnantes du monde, dans le froid glacial de l'hiver qui approchait, elle demanderait l'aumône et dormirait peut-être sur les bancs publics et tant mieux si elle mourait de pneumonie ou de faim.

Alors elle lâcha valises et paquets, s'élança à contresens en heurtant tous les gens qui montaient et en disant : « Pardon, pardon ! » mais elle trébucha juste en bas de l'escalator où elle coinça une de ses chaussures et le pan de son manteau, déchirant sa magnifique robe neuve, ses bas, son bonnet en laine qui était tombé et la peau de ses mains et de ses jambes, elle était coupée partout. Deux bras l'aidèrent à se relever. Grand-père s'était précipité derrière elle et maintenant il la tenait et la caressait comme une enfant : « Il ne s'est rien passé, disait-il, il ne s'est rien passé. »

De retour à la maison, elle lava tous les vêtements sales du voyage : chemises, robes, tee-shirts, chaussettes, slips, ils avaient tout acheté neuf pour aller à Milan. Maintenant ils avaient les moyens, grand-mère disposait d'une machine à laver Candy avec deux programmes, pour les textiles résistants et pour les tissus délicats. Elle tria les vêtements : ceux qu'il fallait laver à haute température et ceux qui passaient à l'eau tiède. Mais elle pensait peut-être à autre chose, on ne sait pas, et tout fut abîmé. Papa m'a raconté qu'elle les embrassait, grand-père et lui, parmi les larmes et les sanglots, qu'elle était allée chercher les couteaux de cuisine et les leur avait mis dans les mains pour qu'ils la tuent, qu'elle se griffait le visage, se tapait la tête contre les murs et se roulait par terre.

Mon père par la suite entendit que grand-père téléphonait à ses tantes pour leur expliquer qu'à Milan, elle n'avait pas supporté de voir leur jeune sœur, la plus choyée, dans la situation à laquelle

elle était réduite car, ici en Sardaigne, les petits fermiers étaient modestes mais dignes, et ils vivaient bien considérés, tandis que maintenant avec la réforme agraire qui les avait ruinés, ils avaient dû émigrer, les femmes devenaient domestiques, ce qui pour un mari est la pire des humiliations, les hommes respiraient les poisons des industries, sans protection et surtout sans aucune considération, et les enfants à l'école avaient honte de leurs noms sardes pleins de u. Lui n'avait rien soupçonné, eux écrivaient que tout allait bien, et grand-mère et lui avaient pensé leur faire une surprise en allant les voir, et ils n'avaient réussi qu'à leur donner honte de ce qu'ils étaient. Leurs gamins s'étaient jetés sur les saucisses et le jambon comme s'ils n'avaient pas mangé depuis Dieu sait combien de temps, le beau-frère était tout ému en coupant le fromage et en débouchant la liqueur de myrte, il ne pouvait pas oublier, disait-il, qu'au moment du partage, grand-père n'avait pas voulu la part de grand-mère, mais malheureusement ça n'avait servi à rien, ils avaient cru qu'on ne pouvait pas vivre sur ces terres alors qu'en fait, ceux qui étaient restés avaient eu raison. Devant tout ça, grand-mère qui était comme elle était, ses sœurs le savaient bien, n'avait plus supporté, surtout qu'en plus elle avait appris aujourd'hui l'assassinat du président Kennedy à Dallas et qu'elle venait de saccager une lessive qui valait un mois de salaire. Lui s'en moquait, car l'argent rentre et sort, mais il n'y avait pas moyen de la calmer et leur fils était traumatisé. Qu'elles viennent à Cagliari, il les en priait, tout de suite, par le premier car.

Néanmoins, pour mes grands-oncles et mes cousins, les choses prirent meilleure tournure par la suite. Ils quittèrent leur soupente pour Cinisello Balsamo et mon père, qui allait toujours leur rendre visite au cours de ses tournées, racontait qu'ils vivaient dans une tour pleine d'émigrés, encastrée parmi d'autres tout aussi pleines d'émigrés, mais ils avaient une salle de bains, une cuisine, l'ascenseur, et au bout d'un certain temps, on ne pouvait plus parler d'émigrés parce que, désormais, ils se considéraient comme milanais, personne ne les appelait plus *terùn* car le conflit maintenant était politique, entre la gauche et l'extrême droite, place San Babila où les cousins distribuaient et encaissaient les coups, tandis que papa allait au conservatoire avec son cartable bourré de partitions et ne s'occupait pas de politique. Papa me raconte qu'il avait de sérieuses engueulades avec ses cousins. À propos de la politique, et à propos de la Sardaigne. Parce qu'ils faisaient des remarques stupides du genre : « Il bêle encore, ton pull ! » devant le chandail rêche et magnifique que grand-mère lui avait confectionné. Ou bien : « Pour les transports, vous avez autre chose que l'âne ? » Ou bien : « Le bidet, vous connaissez ? Les poules, toujours sur le balcon ? »

Papa le prenait d'abord à la rigolade, puis il s'énervait et les envoyait se faire foutre, tout pianiste bien élevé et pacifique qu'il fût. Ils ne lui pardonnaient pas son désintérêt de la politique, le fait qu'il ne détestait pas suffisamment les bourgeois, qu'il n'avait jamais donné sa raclée à un fasciste, ni reçu la sienne. Alors qu'eux, tout juste adolescents, assistaient aux meetings de Mario Capanna, le leader étudiant, qu'ils avaient participé aux manifestations de Milan en mai 1969 et occupé l'université en 1971. Mais ils s'aimaient bien et ils faisaient toujours la paix. Ils avaient fraternisé en ce fameux mois de novembre 1963, dans la soupente, quand ils sortaient par le vasistas se promener sur les toits en cachette des parents, pendant que l'oncle de Milan allait vendre ses chiffons et que l'oncle de Cagliari l'accompagnait pour l'aider, que la tante de Milan était chez ses patrons et que celle de Cagliari, complètement dérangée, étudiait l'architecture des immeubles sur cour, coiffée de son inoubliable bonnet en laine calé sur ses chignons de tresses à la sarde.

Grand-mère me racontait qu'après, sa sœur lui téléphonait de Milan qu'elle était en souci pour papa, un garçon coupé du monde, perdu dans sa musique. Calme plat côté filles, tandis que ses fils, plus jeunes, étaient déjà fiancés. Il faut dire que papa n'était pas à la mode, il portait les cheveux courts quand tous les avaient longs, sauf les fascistes, et lui, le pauvre, il n'était pas fasciste du tout, seulement il ne voulait pas que ses cheveux lui tombent sur les yeux quand il jouait. Il lui faisait pitié, sans petite amie, tout seul avec ses partitions. Alors quand elle raccrochait, grand-mère se mettait à pleurer de peur d'avoir transmis à son fils cette espèce de folie qui éloigne l'amour. Il avait été un enfant solitaire que personne n'invitait jamais nulle part, un enfant sauvage maladroitement affectueux dont personne ne recherchait la compagnie. Au lycée, ça s'était amélioré, mais très relativement. Elle essayait de dire à papa que le reste du monde existait aussi, et grand-père pareil, même s'il prenait le parti d'en rire, et ils ne pouvaient pas oublier la nuit du 21 juillet 1969, pendant qu'Armstrong alunissait, leur fils n'avait pas interrompu les *Variations sur un thème de Paganini en la mineur opus 35* de Brahms qu'il répétait pour son concert de fin d'année.

12

À partir du moment où grand-mère s'aperçut qu'elle était devenue vieille, elle me disait qu'elle avait peur de mourir. Pas de la mort en soi qui devait être comme aller dormir ou faire un voyage, mais elle savait que Dieu était fâché contre elle parce qu'il lui avait donné plein de belles choses en ce monde et qu'elle n'avait pas réussi à être heureuse, et Dieu ne pouvait pas lui avoir pardonné ça. Au fond, elle espérait être vraiment dérangée car, saine d'esprit, elle ne coupait pas à l'enfer. De toute façon, elle parlementerait avec Lui avant d'aller en enfer. Elle Lui objecterait que s'Il créait une personne sur un certain modèle, Il ne pouvait pas prétendre ensuite qu'elle agisse comme si elle était faite sur un autre modèle. Elle avait déployé toutes ses forces pour se convaincre que cette vie était la meilleure possible, et pas l'autre dont la nostalgie et le désir lui coupaient le souffle. Mais elle demanderait sincèrement pardon à Dieu pour certaines choses : la robe de cachemire que grand-père lui avait achetée à Milan et qu'elle avait déchirée dans l'escalator de la gare, la tasse de café au pied du lit, leur première année de mariage, comme une gamelle à un chien, son incapacité de profiter de tant de journées à la mer quand elle pensait que le Rescapé arriverait au Poetto, leste sur sa béquille.

Et ce jour d'hiver où grand-père était rentré avec un sac de vêtements de montagne, prêtés on ne sait par qui, en lui proposant une excursion au Supramonte qu'organisait son bureau pour les employés des salines, et elle, même si elle n'était jamais allée en montagne, n'avait éprouvé qu'un irrépressible ennui et la seule chose qu'elle aurait voulu faire était lui arracher des mains cette tenue ridicule. Mais il n'en démordait pas : les vrais Sardes doivent connaître la Sardaigne.

On avait prêté à grand-père une paire de chaussures de sport, franchement laides, et un gros pull-over, lui aussi très laid, tandis que les meilleurs vêtements allaient à leur fils et à elle. Grand-mère avait fini par dire sans enthousiasme : « D'accord », et avait préparé des sandwiches tandis que grand-père qui l'aidait toujours, Dieu sait pourquoi, tapotait des ting ting tout tristes sur le piano de mesdemoiselles Doloretta et Fannì. Ils s'étaient couchés tôt parce qu'ils avaient rendez-vous à cinq heures du matin pour aller jusqu'à Orgosolo, monter à Punta sa Pruna, traverser la forêt Montes, puis continuer jusqu'à l'enceinte mégalithique de Dovilino, traverser les montagnes qui relient le Gennargentu au Supramonte jusqu'à Mamoiada. Tout était couvert de neige, et papa exultait, mais grand-père claquait déjà des dents et les autres membres du groupe lui avaient conseillé la chaleur des cheminées, les raviolis de pomme de terre, le cochon de lait à la broche et le petit verre de *fil'e ferru* d'un restaurant au village. Mais lui, têtu, n'avait rien écouté. Il leur fallait découvrir les montagnes de Sardaigne, eux, gens de mer et de plaine.

La forêt Montes, une des rares forêts primaires de Sardaigne avec ses chênes verts séculaires qui n'ont jamais été coupés, était plongée dans le silence et dans une neige douce et blanche qui arrivait aux genoux. Grand-père avait tout de suite eu ses chaussures et son pantalon trempés, mais il suivait en silence, sans s'arrêter.

Et il avançait au même rythme que les autres. Grand-mère pendant un bon moment avait marché devant, comme si elle n'avait eu ni mari ni enfant, mais ensuite quand, dans la vallée, le lac d'Oladi était apparu, gelé, comme sortant d'un monde imaginaire au milieu de cette immense solitude, alors elle s'était arrêtée pour les attendre : « Regardez ! Regardez comme c'est beau ! »

Et aussi quand ils avaient traversé le bois de chênes blancs, un enchevêtrement de troncs minces couverts de mousse en forme de flocons de neige, elle avait gardé quelques-unes de ces feuilles fantastiques dans sa poche et cueilli un petit bouquet de thym, pour le bouillon à leur retour à Cagliari. Et elle avait réglé l'allure de ses bons après-skis fourrés sur celui des méchantes chaussures de grand-père parce qu'elle ne lui en voulait pas, au contraire, elle était vraiment désolée de ne pas l'aimer. Elle en était désolée et peinée, elle se demandait pourquoi Dieu, dans l'amour, qui est la chose principale, s'y prend de façon aussi absurde : vous manifestez toutes les attentions possibles et imaginables et il n'y a pas moyen de l'éveiller, et puis vous vous comportez n'importe comment, comme elle en ce moment qui ne lui avait même pas prêté son écharpe alors qu'il la suivait dans la neige, à moitié gelé, ayant même sacrifié, tout fin gourmet qu'il était, une occasion de manger des raviolis de pomme de terre maison et du cochon de lait à la broche. Pendant le retour, elle en avait le cœur serré alors, dans l'obscurité du car, elle avait posé sa tête sur son épaule et poussé un soupir comme pour dire : « Après tout ! »

Et grand-père faisait peur à voir tellement il avait froid, on aurait dit un mort gelé.

À la maison, elle avait préparé un bain chaud et le dîner, effarée de tout ce que grand-père buvait. Comme toujours, mais on aurait dit qu'elle le voyait pour la première fois.

Leur nuit en revanche avait été grandiose. Plus que toutes les autres fois. Après avoir couché papa, grand-mère dans sa combinaison et sa vieille robe de chambre, prête pour aller au lit, mangeait une pomme, songeuse. Grand-père avait fermé à clé la porte de la cuisine pour être sûr que le petit n'entrerait pas et avait entamé leur jeu de la maison close en lui ordonnant d'enlever robe de chambre et combinaison, de s'allonger nue sur la table dressée comme si elle avait été son repas préféré. Il avait allumé le poêle pour qu'elle ne prenne pas froid et recommencé à dîner en se servant de ce don du ciel. Il la palpait et la malaxait partout et, avant de goûter les aliments, même la saucisse sarde extra de pays, il les enfonçait dans la chatte de grand-mère, parce que dans les maisons closes, c'est le mot qu'il fallait employer. Elle, très excitée, se touchait et, à cet instant, l'aimer ou ne pas l'aimer lui était bien égal, elle voulait seulement continuer leur jeu.

« Je suis ta putain », gémissait-elle.

Puis grand-père avait versé du vin sur tout son corps, l'avait léchée, sucée, surtout ses gros seins laiteux qu'il adorait. Mais il avait voulu la punir, peut-être pour son comportement pendant l'excursion, ou peut-être pour tout autre chose, avec grand-père rien n'était évident, il avait défait sa ceinture, l'avait obligée à marcher à quatre pattes comme une chienne dans la cuisine en la frappant, mais en veillant à ne pas lui faire trop mal et à ne pas laisser de marques sur ses superbes fesses. Sous la table, grand-mère l'avait caressé et pris dans sa bouche en experte qu'elle était désormais, mais de temps en temps, elle s'interrompait pour lui demander si elle était une bonne putain et combien elle avait déjà gagné, et elle aurait voulu que jamais ils ne cessent de jouer à la maison close.

Ils avaient joué longtemps, puis grand-père s'était mis à fumer sa pipe, alors elle s'était recroquevillée de son côté du lit et comme toujours, elle s'était endormie.

13

En revanche, la nuit, avec le Rescapé, elle était si émue d'avoir découvert, c'était sûr, la fameuse chose principale, qu'elle restait éveillée à regarder comme il était beau, profitant d'une lueur qui trouait l'obscurité et quand il sursautait effrayé, comme s'il entendait des tirs ou les bombes qui touchaient le navire et le coupaient en deux, elle l'effleurait doucement du doigt et le Rescapé dans son sommeil lui répondait en l'attirant à lui et il n'était jamais loin d'elle, même quand il dormait. Alors grand-mère, encouragée, se creusait une niche dans la courbe de son corps, se passait toute seule le bras du Rescapé autour des épaules et posait sa main sur sa tête, l'impression que lui donnait cette position jamais expérimentée était telle qu'elle ne se résignait pas à cette chose, d'après elle absurde, qui est de s'endormir quand on est heureux. À se demander si c'est ainsi que les amoureux vivent. Si c'est possible. Et s'ils ne décident pas eux aussi, à un moment, de manger et de dormir.

Le cahier noir à tranche rouge était maintenant entre les mains du Rescapé qui le lisait et se montrait un professeur très exigeant parce qu'à chaque faute d'orthographe, ou répétition, ou autres erreurs, il lui donnait une fessée, lui ébouriffait les cheveux et voulait qu'après, elle récrive tout. « C'est pas bon », disait-il avec son accent d'homme du Nord, et grand-mère ne se vexait pas, au contraire elle s'amusait bien. Elle raffolait aussi de sa musique, quand il interprétait des morceaux classiques en faisant tous les instruments et que plus tard il les lui répétait et qu'elle reconnaissait le titre et l'auteur, ou bien quand il lui chantait des opéras, les rôles masculins et féminins, ou bien quand il lui récitait des poèmes, par exemple d'un poète qui avait été un de ses camarades d'école, Giorgio Caproni, que grand-mère aimait beaucoup parce qu'elle avait l'impression d'être à Gênes où elle n'était jamais allée, mais il lui semblait que les lieux de ces poèmes ressemblaient à Cagliari. Si verticale qu'en entrant dans le port côté mer, comme ça lui était arrivé une fois en bateau pour le retour de la statue de saint Efisio, vous avez l'impression que les maisons sont construites les unes sur les autres. Cagliari, comme Gênes décrite par le Rescapé et par son ami, et par cet autre malheureux, ce Dino Campana qui était mort dans un asile, ville *sombre* et *labyrinthique, mystérieuse* et *humide,* qui s'ouvre à des percées soudaines et inattendues sur la grande *lumière méditerranéenne,* aveuglante. Alors, même si vous êtes pressé, vous ne pouvez pas ne pas vous pencher par-dessus un muret ou une balustrade en fer, et ne pas jouir du ciel et de la mer et du soleil *très riches.* Et si vous regardez en bas, vous voyez les toits, les terrasses avec leurs géraniums, le linge étendu, les agaves sur les pentes, la vie des gens qui paraît vraiment petite et fugace, mais aussi pleine de joie.

Parmi les prestations de grand-mère, le Rescapé préférait la geisha, la plus difficile. Avec grand-père, elle s'en tirait en racontant le menu du dîner, mais le Rescapé lui, voulait des prestations sophistiquées, type des descriptions de la plage du Poetto, de Cagliari, de son village et des récits de sa vie quotidienne, de son passé, des émotions qu'elle avait éprouvées dans le puits, il posait énormément de questions et voulait des réponses détaillées. C'est ainsi que grand-mère sortit de son mutisme, qu'elle y prit goût, elle n'en finissait plus avec les dunes d'une blancheur éclatante sur la plage du Poetto, avec leur cabine rayée blanc et bleu clair dont l'entrée, l'hiver après le vent, quand on allait vérifier si ça tenait encore debout, était bloquée par des montagnes de sable blanc qui, vues du bord de l'eau, évoquaient vraiment un paysage de neige, surtout si le froid était intense, qu'on portait des gants, un bonnet de laine et un manteau et que toutes les fenêtres des cabines étaient fermées. Sauf que les cabines étaient rayées bleu, orange, rouge, et que, même si elle était derrière vous, on ne risquait pas d'oublier la présence de la mer. En été en revanche, ils y allaient en vacances, et les voisines et leurs enfants aussi, ils transportaient tout le nécessaire sur une charrette. Elle avait une robe qui se boutonnait devant, exprès pour la plage, avec de grandes poches brodées. Les hommes eux, quand ils venaient le dimanche ou les jours fériés, utilisaient des pyjamas ou des peignoirs en éponge, ils s'étaient tous acheté des lunettes de soleil, y compris grand-père qui avait toujours dit que les lunettes de soleil donnaient vraiment *ta gan'e cagai*[1]...

Comme elle aimait Cagliari, et la mer, et son village avec cette odeur qui était un mélange de bois, de cheminée, de crottin de cheval, de savon, de blé, de tomates, de pain chaud.

Mais pas autant que lui, le Rescapé. Elle l'aimait plus que tout.

Avec lui, elle n'avait honte de rien, pas même de faire pipi ensemble pour éliminer les calculs, et comme pendant toute sa vie on lui avait dit qu'elle semblait débarquer de la lune, elle eut l'impression d'avoir finalement rencontré quelqu'un du même pays et c'était ça la chose principale de la vie, celle qui lui avait toujours manqué.

En effet, après la cure, grand-mère ne barbouilla plus ses décorations murales comme on le voit encore ici rue Manno et elle ne déchira plus ses broderies qui sont encore dans les poches de mes tabliers de petite fille et que, si Dieu le veut, et j'espère de tout cœur qu'il le voudra, je transmettrai à mes enfants. Et il ne manqua pas la chose principale à l'embryon de mon père.

Elle avait donné son cahier au Rescapé parce que désormais elle n'aurait plus le temps d'écrire. Il lui

1. « Une sacrée envie de chier ! » (en sarde méridional, se dit de quelqu'un qui se pavane).

fallait commencer à vivre. Parce que le Rescapé fut un instant, et la vie de grand-mère tant d'autres choses.

14

Elle tomba enceinte tout de suite à son retour et pendant tous ces mois, elle n'eut pas une seule colique, son ventre grossissait, grand-père et les voisines ne la laissaient toucher à rien et la traitaient *cummenti su nènniri,* comme le blé tout juste levé… Le berceau à bascule en bois bleu clair de mon père et son trousseau de bébé ne furent prêts qu'au dernier moment, par superstition, et quand il eut un an, grand-père voulut une grande fête dans la cuisine de la rue Sulis, sur la nappe brodée à la main, il acheta un appareil photo et savoura finalement, le pauvre, un anniversaire vraiment heureux, autour d'un gâteau à l'américaine, avec les étages de crème presque solide, le chocolat, la génoise et une bougie. Grand-mère n'est pas sur les photos. Elle s'était réfugiée dans sa chambre pour pleurer d'émotion quand ils avaient entonné *Joyeux anniversaire.* Ils étaient tous allés la tirer de là et elle répétait inlassablement qu'elle n'arrivait pas à croire que son corps avait fabriqué un enfant, et pas seulement des pierres. Elle pleurait comme une Madeleine et ses sœurs, venues spécialement du village, ainsi que grand-père, s'attendaient sûrement à quelque *macchiòri,* une lubie qui aurait révélé devant tous les invités que grand-mère avait été dérangée. Mais grand-mère se releva, s'essuya les yeux, revint à la cuisine et prit son enfant dans ses bras. Elle n'apparaît pas sur les photos car, les yeux gonflés, elle se trouvait laide et pour le premier anniversaire de son fils, elle voulait être belle.

Puis grand-mère fut enceinte d'autres fois, mais à l'évidence il manqua à tous ceux qui auraient été les frères et sœurs de papa cette fameuse chose principale, ils ne voulurent pas naître et repartirent au cours des premiers mois.

En 1954, ils emménagèrent rue Manno. Ils furent les premiers à quitter l'immeuble collectif de la rue Sulis et même si la rue Manno est à deux pas, ils en gardaient la nostalgie. Alors le dimanche, grand-père invitait leurs anciens voisins, grillait du poisson ou des saucisses sur la terrasse, préparait du pain assaisonné d'huile et, par beau temps, ils sortaient les tables et les chaises de pique-nique qu'ils utilisaient en été à leur cabine sur la plage du Poetto.

Grand-mère a tout de suite aimé la rue Manno, avant même que l'immeuble soit reconstruit, du temps où elle allait voir le grand trou et les amas de décombres. La terrasse devint vite un jardin. Je me souviens de la vigne vierge et du lierre qui grimpaient sur le mur du fond, des géraniums disposés par couleur, les violets, les rouges, les roses. Au printemps, c'était le bosquet jaune des genêts et des frésias qui fleurissait, en été, les dahlias, les jasmins odorants et les bougainvillées et en hiver, les pyracanthas donnaient tellement de baies rouges que nous les utilisions pour les décorations de Noël.

Quand le mistral soufflait, nous mettions nos foulards pour courir là-haut sauver les plantes en les calant contre le parapet ou en les couvrant de cellophane, et nous rentrions les plus délicates tant que le vent continuait à tout balayer sur son passage.

15

Parfois, j'ai pensé que le Rescapé n'aimait pas grand-mère. Il ne lui avait pas donné son adresse, il savait où elle habitait et il ne lui avait jamais envoyé ne fût-ce qu'une carte postale, quitte à la signer d'un prénom féminin, grand-mère aurait reconnu son écriture grâce aux poèmes qu'elle avait gardés. Le Rescapé ne voulait pas la revoir. Lui aussi avait pensé qu'elle était dérangée, il avait eu peur de la trouver un jour sur les marches de son appartement ou dans la cour, l'attendant par n'importe quel temps, sous la pluie, dans le brouillard, ou toute en sueur par un de ces étés milanais étouffants, sans vent. Ou plutôt non. C'était peut-être vraiment de l'amour, il ne voulait pas qu'elle commette la folie de quitter son monde pour lui. Alors pourquoi se manifester, et tout gâcher? Se présenter à elle, et lui dire: « Me voici, je suis la vie que tu aurais pu vivre et que tu n'as pas vécue. » Et la mettre à la torture, pauvre femme. Comme si elle n'avait pas assez souffert, dans ce grenier là-bas, quand elle s'était tailladé les bras et les cheveux, ou dans le puits, ou quand elle gardait les yeux rivés sur le portail, ces fameux mercredis. Pour faire un tel sacrifice, disparaître pour le bien de l'autre, il faut l'aimer vraiment.

16

Je me suis demandé, sans jamais oser le dire à personne naturellement, si le vrai père de mon père n'est pas le Rescapé, quand j'étais en terminale, qu'on étudiait la Seconde Guerre mondiale et que notre professeur nous demandait si l'un de nos grands-pères l'avait faite, instinctivement je disais que oui. Mon grand-père était lieutenant de vaisseau sur le croiseur lourd Trieste, troisième division navale de la Marine royale, il avait participé à l'enfer de Matapan en mars 1941, fait naufrage quand le Trieste fut coulé par la troisième escadrille de B17 du quatre-vingt-dix-huitième Group dans la rade de Mezzo Schifo, à Palau, ce fut d'ailleurs la seule fois où grand-père vint en Sardaigne et il eut de notre mer essentiellement l'image de vagues rouges de sang. Après l'armistice, les Allemands le capturèrent sur le croiseur léger Jean de Vienne dont la Marine royale s'était emparée en 1942, et le déportèrent au camp de concentration d'Inzert où il resta jusqu'au moment où ils se replièrent vers l'est, pendant l'hiver 1944, dans la neige et le froid glacial, là, si vous n'avanciez pas, on vous abattait ou on vous éclatait le crâne à coups de crosse, heureusement les Alliés les avaient rattrapés et un médecin américain l'avait amputé de la jambe. Mais mon grand-père était resté un très bel homme, comme disait grand-mère, à regarder à la dérobée, les premiers jours de la cure, pendant qu'il lisait avec ce cou de jeune homme penché sur son livre, ces yeux liquides, ce sourire, ces bras forts dans les manches retroussées de sa chemise, ces mains si grandes et si enfantines pour des mains de pianiste, ce tout dont avoir la nostalgie sa vie entière. Et la nostalgie, c'est de la tristesse, mais c'est aussi un peu du bonheur.

17

Les années passant, grand-mère souffrait à nouveau des reins et tous les deux jours j'allais la chercher rue Manno et je l'accompagnais à sa dialyse. Elle ne voulait pas me déranger, elle m'attendait en bas de chez elle, avec son sac où elle mettait une chemise de nuit, ses pantoufles et un châle, parce qu'après la dialyse, elle avait toujours froid, même en été. Ses cheveux étaient épais et noirs, ses yeux intenses, sa bouche avait gardé toutes ses dents, mais ses jambes et ses bras étaient constellés des trous que laissaient les perfusions, sa peau était devenue jaunâtre, elle avait tellement fondu que lorsqu'elle s'asseyait dans la voiture, son sac sur ses genoux, j'avais l'impression que cet objet qui pesait tout au plus trois cents grammes pouvait l'écraser.

Un jour de dialyse, je ne l'ai pas trouvée en bas de l'immeuble et j'ai pensé qu'elle s'était sentie plus faible que d'habitude, alors j'ai grimpé les trois étages en vitesse pour ne pas être en retard, vu que les horaires des séances à l'hôpital sont rigoureux. J'ai sonné, puis craignant qu'elle ne se soit évanouie, j'ai ouvert avec mes clés. Elle était tranquillement allongée sur son lit, endormie, prête à sortir, son sac sur la chaise. J'ai essayé de la réveiller mais elle ne voulait pas me répondre. Alors un désespoir sans fond m'a envahie parce que ma grand-mère était morte. J'ai bondi sur le téléphone et tout ce dont je me souviens, c'est que je voulais appeler quelqu'un qui la ressuscite, qui ressuscite ma grand-mère, et il en fallut beaucoup pour me convaincre qu'aucun médecin n'en avait les moyens.

J'ai appris, mais après sa mort, qu'on voulait l'interner et qu'avant la guerre mes arrière-grands-parents étaient venus à Cagliari, en car, du village, et que l'hôpital psychiatrique, sur le Monte Claro, leur avait semblé un bon endroit pour leur fille. Mon père ne l'a jamais su. Maman elle, en avait été informée par mes grands-tantes, avant d'épouser papa. Elles l'avaient invitée au village en grand secret pour lui apprendre quel sang coulait dans les veines du garçon qu'elle aimait et avec qui elle aurait des enfants. C'étaient elles qui se chargeaient de cette tâche délicate, vu que leur beau-frère, même s'il avait toujours tout su et qu'en ce fameux mois de mai où il s'était réfugié au village, il en avait vu de *dognia colori*, de toutes les couleurs, n'avait pas eu la correction d'en dire le premier mot à sa future bru. Elles ne voulaient pas le critiquer, c'était un homme extraordinaire, bien que communiste, athée et révolutionnaire, il avait été pour leur famille *sa manu de Deus* parce qu'il s'était sacrifié et avait épousé grand-mère qui souffrait de *su mali de is pèrdas, sa minor cosa, poita su prus mali fiara in sa conca*[1] ; quand grand-mère

1. « Pas des calculs rénaux, son moindre mal, mais d'un mal pire, dans la tête. »

n'avait plus été là, des prétendants s'étaient présentés pour elles aussi, les pauvres, et une vie normale avait commencé sans plus cette sœur souvent enfermée au grenier, qui se coupait les cheveux comme une galeuse.

Elles pouvaient comprendre qu'il n'ait rien dit à son fils, de toute façon maintenant, il avait le sang qu'il avait, mais elle, une jeune fille saine, il était juste qu'elle sache. C'est ainsi qu'assise dans le fauteuil à haut dossier, devant les gâteaux sardes et le café servi dans les tasses dorées, ma mère écouta le récit de ses futures tantes.

L'hôpital psychiatrique avait paru à ses parents un bon endroit pour grand-mère, sur cette colline recouverte d'une grande forêt de pins maritimes, d'ailantes, de cyprès, de lauriers roses, de genêts, de caroubiers, avec des sentiers où grand-mère pourrait se promener. Et puis ce n'était pas une bâtisse unique, lugubre, qui aurait pu l'effrayer, mais un ensemble de pavillons du début du XXe siècle, bien tenus et entourés d'un jardin. Grand-mère serait admise dans le service des calmes, un pavillon de deux étages avec une élégante véranda pour entrée, un séjour, deux réfectoires, huit dortoirs et personne n'aurait pu dire qu'elle était habitée par des fous, sinon pour ses cages d'escalier fermées. Comme grand-mère était calme, elle aurait pu sortir, fréquenter peut-être même le bâtiment de la direction qui abritait la bibliothèque et une salle de lecture où elle aurait pu lire et écrire des romans et des poésies à sa guise, mais sous surveillance. Et elle n'aurait jamais eu de contacts avec les autres pavillons, ceux des agités et des semi-agités, et il ne lui serait jamais arrivé aucune de ces choses terribles, comme être enfermée dans une cellule d'isolement ou attachée dans son lit. Au fond, à la maison, c'était pire car, quand elle était prise d'une crise de désespoir et qu'elle voulait se tuer, il fallait bien la sauver d'une façon ou d'une autre. Et comment, sinon en l'enfermant au grenier dont la fenêtre avait dû être équipée d'une grille, ou en l'attachant à son lit avec des bandes de tissu. Les petits pavillons de l'asile, eux, n'avaient pas de grilles. Leurs fenêtres étaient comme celles qu'un certain docteur Frank avait adoptées pour l'asile de Musterlinger, munies de serrures à cliquet, avec des vitres en verre armé mais dont on ne voyait pas le fer.

Les parents de grand-mère avaient emporté la notice d'information concernant l'admission des fous à l'hôpital psychiatrique de Cagliari, sachant qu'il leur faudrait d'abord la convaincre de consulter et qu'eux-mêmes avaient besoin de réfléchir, puis l'Italie était entrée en guerre.

Mais on ne pouvait pas la garder à la maison et même si elle n'avait jamais fait de mal à personne, sinon à elle-même et à ce qui lui appartenait, et qu'elle ne constituait pas un danger, tout le monde au village désignait leur rue par *inguni undi biviri sa macca*, l'endroit où vit la folle.

Ils avaient toujours eu honte de grand-mère, depuis cette fois à l'église où elle avait vu un petit garçon qui lui plaisait et qu'elle s'était retournée sans arrêt vers les bancs des hommes en lui souriant et en le regardant avec insistance tandis que le gamin pouffait de rire lui aussi. Elle avait ôté les épingles de ses cheveux qui s'étaient étalés, nuage noir et luisant, telle une arme de séduction diabolique, une espèce de sorcellerie. Mon arrière-grand-mère avait quitté l'église en hâte, traînant sans ménagement celle qui était encore son unique fille et qui hurlait : « Mais je l'aime, et lui aussi ! » et à peine franchi le seuil de la maison, elle l'avait tellement battue, avec tout ce qui lui tombait sous la main, sous-ventrière, sangles, poêles, battoir à tapis, corde du puits, qu'elle avait réduit la fillette à l'état de pantin disloqué, incapable de tenir debout. Puis elle avait appelé le prêtre pour chasser le diable de son corps, mais le prêtre l'avait bénie et avait dit que c'était une bonne petite et qu'il n'y avait pas là l'ombre d'un diable. Mon arrière-grand-mère racontait cette histoire à qui voulait l'entendre pour justifier sa fille, pour montrer qu'elle était dérangée, mais bonne, et qu'à la maison il n'y avait pas de danger. Toutefois, par prudence, elle recourut à des exorcismes jusqu'à son mariage.

Les grands-tantes pouvaient définir la maladie de grand-mère comme une espèce de folie amoureuse, à savoir qu'il suffisait qu'un homme avenant franchisse leur porte et lui sourie ou seulement la regarde, et comme elle était vraiment très belle ça pouvait arriver, pour qu'elle le considère comme un soupirant. Elle attendait alors une visite, une déclaration d'amour, une demande en mariage et elle écrivait sans arrêt dans ce maudit cahier qu'elles avaient cherché pour l'apporter au médecin de l'hôpital psychiatrique, mais qui était resté introuvable. Évidemment personne ne la demandait jamais en mariage, elle attendait, le regard fixé sur le portail, assise dans le fauteuil à haut dossier de la *lolla*, vêtue de ses plus beaux habits, avec ses boucles d'oreilles, très belle, car elle l'était vraiment, souriant machinalement comme si elle ne comprenait rien, comme si elle débarquait de la lune.

Puis leur mère avait découvert qu'elle écrivait des lettres à ces hommes, ou des poèmes d'amour, et quand elle comprenait qu'ils ne reviendraient jamais, c'était une tragédie, elle hurlait, se roulait par terre, voulait se supprimer et supprimer tout ce qu'elle avait produit et il fallait l'attacher à son lit avec des bandes de tissu. Mais en réalité, elle n'avait jamais eu de prétendants parce que jamais un garçon du pays n'aurait demandé sa main et il ne restait plus qu'à prier Dieu que quelqu'un, malgré la honte d'avoir une folle dans la famille, veuille d'une de ses sœurs.

Ce mois de mai 1943, leur beau-frère, réfugié chez eux parce qu'il n'avait plus de toit, encore sous le coup de la douleur pour sa femme, en avait vu de toutes les couleurs sans avoir besoin d'explications car le printemps était pour grand-mère la pire saison. Aux autres saisons, elle était plus tranquille, elle semait les fleurs des parterres, travaillait aux champs, cuisait le pain, brodait au point de croix, brossait les tomettes de la *lolla*, nourrissait les poules et les lapins et réalisait des décorations murales si belles que d'autres familles la demandaient pour embellir leurs maisons avant le printemps. Mon arrière-grand-mère était si contente qu'elle soit occupée ailleurs de façon suivie qu'elle ne voulait jamais qu'on la paie et ça, les grands-tantes trouvaient que ce n'était pas juste.

Les premiers jours où grand-père était chez eux, au dîner, devant la soupe, il parla de sa maison de la rue Manno, des bombes, de la mort de toute sa famille réunie le 13 mai, pour son anniversaire, de sa femme qui lui avait promis un gâteau, de lui qui était sur le point d'arriver quand la sirène avait retenti et qui avait cru les rejoindre à l'abri antiaérien, dans les grottes du jardin public, quand pas un de ses parents n'y était. La nuit, grand-mère s'était relevée et avait saccagé ses broderies au point de croix en les déchirant et ses décorations murales en les recouvrant d'affreux gribouillis, elle avait frotté son visage et son corps de roses avec leurs épines et s'en était planté partout, jusque dans la tête. Le lendemain, leur futur beau-frère avait essayé de lui parler, et comme elle s'était enfermée dans l'étable pleine de fumier, il lui parlait de la cour, à travers la porte en bois, il lui disait que la vie allait ainsi, avec des choses horribles, mais aussi avec d'autres, magnifiques, comme par exemple ses décorations et ses broderies, pourquoi les avait-elle massacrées ? Grand-mère, de l'intérieur, dans la puanteur, lui avait bizarrement répondu : « Les choses que je fais semblent belles. Mais elles sont laides. C'est moi qui aurais dû mourir. Pas votre femme. Votre femme possédait la chose principale qui embellit tout. Pas moi. Moi, je suis laide. Ma place est sur le fumier et les ordures. C'est moi qui aurais dû mourir.

– Et quelle est, d'après vous mademoiselle, cette chose principale ? » avait demandé grand-père. Mais aucune réponse n'était venue de l'étable. Et même après, quand elle perdait ses enfants en début de grossesse, elle avait cette explication : que de toute façon elle n'aurait pas été une bonne mère parce qu'il lui manquait la chose principale, que ses enfants ne naissaient pas parce qu'il leur manquait la même chose et alors elle se repliait dans son monde de la lune.

Leur récit fini, ses futures tantes accompagnèrent maman au car et, après l'avoir chargée de gâteaux, de saucisse et de pain *civraxiu* et avoir caressé ses longs cheveux noirs, tels qu'on les portait à l'époque, elles lui demandèrent en attendant le départ, histoire de changer de conversation, ce qu'elle voulait faire dans la vie. « Jouer de la flûte », répondit maman. D'accord, mais elles voulaient dire comme travail, comme vrai travail. « Jouer de la flûte », répéta ma mère. Mes grands-tantes se regardèrent et on voyait bien ce qu'elles pensaient.

18

Maman m'a raconté cela après la mort de grand-mère. Elle l'a toujours gardé pour elle et n'a jamais eu peur de me confier à sa belle-mère, qu'elle aimait beaucoup. Elle pense même que nous devons lui être reconnaissants parce qu'elle a pris sur elle tout le désordre qui peut-être serait retombé sur papa ou sur moi. D'après maman en effet, dans une famille, le désordre doit s'emparer de quelqu'un parce que la vie est ainsi faite, un équilibre entre les deux, sinon le monde se sclérose et s'arrête. Si nos nuits sont sans cauchemars, si le mariage de papa et maman a toujours été sans nuages, si j'épouse mon premier amour, si nous ne connaissons pas d'accès de panique et ne tentons pas de nous suicider, de nous jeter dans une benne à ordures ou de nous mutiler, c'est grâce à grand-mère qui a payé pour nous tous. Dans chaque famille, il y a toujours quelqu'un qui paie son tribut pour que l'équilibre entre ordre et désordre soit respecté et que le monde ne s'arrête pas.

Ma grand-mère maternelle par exemple, madame Lia, n'était pas une méchante femme. Elle avait tenté de mettre de l'ordre à tout prix dans sa vie, sans y réussir et en provoquant les pires dégâts. Car elle n'était pas du tout veuve et si maman portait le même nom de famille que madame Lia, ce n'était pas parce que son père était un cousin. Et elle n'avait pas davantage quitté Gavoi parce que Gavoi n'est pas beau et loin de la mer. Depuis qu'elle était petite, maman savait tout, mais devant les gens, madame Lia s'obstinait dans cette histoire de cousin qui portait le même nom de famille et alors, chaque fois qu'elle devait montrer leurs papiers d'identité, elle redoutait que ceux qui les avaient vus ne parlent ; il fallait fréquenter peu de monde, ne concéder aucune familiarité et faire des cadeaux aux institutrices, aux médecins ou à quiconque savait la vérité, pour qu'ils gardent le silence.

Quand quelqu'un parlait d'une fille-mère en la traitant d'*egua*[1], madame Lia utilisait elle aussi cette expression et, de retour chez elles, maman partait pleurer dans sa chambre.

Mais après, maman eut la musique de sa flûte et mon père, et plus rien ne lui importait. Dès qu'elle fut avec papa, elle changea de famille car ça oui, c'était une vraie famille et grand-père était pour elle le père qu'elle n'avait jamais eu. Il lui rapportait de la campagne des épinards et des asperges sauvages, il lui cuisinait des moules parce qu'elle manquait de fer et quand il allait à Dolianova, à la source, s'approvisionner en eau pour grand-mère dont les reins étaient à nouveau malades, il faisait la tournée des fermes pour se procurer tous les bons

1. « Jument » (figuré pour « putain »).

produits qu'on ne trouve pas en ville, revenant avec des œufs frais, du pain cuit au feu de bois, des fruits non traités. Parfois, maman accompagnait grand-père et elle se prit d'affection pour un poussin resté orphelin, sans frères ni sœurs, et grand-père et grand-mère l'autorisèrent à l'apporter à la maison. Ainsi le petit coq Niki entra lui aussi dans la famille et il fut l'unique animal de maman parce qu'un animal chez madame Lia, ce n'était même pas la peine d'en parler. Quand papa était absent, et papa était toujours absent, c'était grand-père qui l'accompagnait partout en voiture, et si elle tardait et qu'il faisait sombre, il restait tout habillé, assis dans un fauteuil, prêt à intervenir en cas de besoin.

Bien sûr, grand-mère Lia n'avait pas quitté Gavoi parce que ce n'est pas beau et elle ne s'était jamais brouillée avec sa famille.

Gavoi est un village magnifique, dans la montagne. Les maisons y sont hautes, à deux ou trois étages, souvent collées les unes aux autres, certaines sont comme suspendues entre deux, reposant sur une poutre horizontale, et dessous il y a des cours ouvertes, sombres, pleines de fleurs, d'hortensias surtout, qui cherchent l'ombre et l'humidité. De certains endroits du village, on voit le lac de Gusana dont la couleur change tout au long de la journée, passant du rose au bleu cendré, au rouge, puis au violet et si vous grimpez sur le mont Gonari par temps clair, vous voyez la mer dans le golfe d'Orosei.

Elle avait fugué. À dix-huit ans. Enceinte d'un berger qui avait travaillé chez eux, puis émigré sur le Continent au début des années cinquante, mais qui était revenu dès qu'il avait entendu parler de la réforme agraire et du Plan de Renouveau, dans l'espoir de vivre décemment en Sardaigne, avec une épouse continentale complètement dépaysée et un petit pécule pour acheter une terre où conduire ses moutons sans payer de loyer.

L'année de sa fugue, madame Lia était en terminale au lycée classique de Nuoro, excellente élève. À Cagliari, elle avait trouvé une place de domestique et elle portait maman bébé chez les religieuses. Quand sa fille avait été un peu plus grande, elle avait repris ses études pour finir cette année interrompue et passer son baccalauréat. Elle potassait la nuit, en rentrant du travail, quand maman dormait. Elle ne faisait plus de ménages mais était employée de bureau, et elle avait même acheté un appartement, pas beau, mais propre, rangé, et où elle régnait. Un chêne, madame Lia. Un rocher en granit de chez nous. Jamais elle ne se plaignait de cette vie de cendres après une unique étincelle qu'elle avait racontée de nombreuses fois à sa fille qui, toute petite déjà, voulait savoir pour son père, et au lieu de fabuler, elle lui racontait l'histoire de ce matin où elle avait manqué son car pour Nuoro, alors qu'à la même heure son père aussi quittait Gavoi pour aller à la campagne et qu'il l'avait trouvée là à l'arrêt, en larmes parce qu'elle était une brave fille un peu bécasse. C'était un homme d'une beauté intense et particulière, bon, honnête, intelligent, mais hélas déjà marié.

« Bonjour, mademoiselle Lia.

– Bonjour ! »

Et ils avaient traversé à l'aube les solitudes sauvages, avec la sensation de plonger dans un tourbillon de folie, et le bonheur semblait possible. Depuis ce jour-là, mademoiselle Lia avait souvent manqué son car. Elle avait fugué sans lui dire qu'elle était enceinte parce qu'elle ne voulait pas gâcher la vie de ce pauvre homme affublée d'une continentale dépaysée qui apparemment, à Gavoi, ne réussissait même pas à avoir d'enfants.

Elle avait laissé un mot pour sa famille, où elle leur disait de ne pas s'inquiéter, de lui pardonner, mais elle avait besoin d'un autre endroit, le plus loin possible, elle n'en pouvait plus de Gavoi et de la Sardaigne, éventuellement la Côte d'Azur ou la Riviera en Ligurie, ils le savaient qu'elle allait toujours sur le Monte Gonari dans l'espoir de voir la mer.

Les premiers temps, elle téléphona presque chaque jour sans dire où elle se trouvait. Sa sœur aînée, qui lui avait servi de mère parce que la leur était morte en accouchant d'elle, pleurait et lui disait que leur père maintenant avait honte de sortir et que ses frères menaçaient d'aller la chercher au bout du monde et de la tuer. Elle cessa de téléphoner. Elle bannit l'amour, les rêves et, après le bac vu qu'elle n'avait plus à les étudier, la littérature et toutes les formes d'expression artistique, et quand maman voulut jouer de la flûte, elle accepta à condition que ça reste secondaire, pour se distraire des choses vraiment importantes.

À la mort de madame Lia, encore jeune, mais dont les glandes lymphatiques avaient durci comme de la pierre et le sang était devenu de l'eau, et qui ne sortait plus parce qu'elle avait honte de se montrer coiffée d'un foulard après sa chimiothérapie, maman s'entêta à vouloir retrouver son père. Sa mère n'avait jamais voulu lui dire son nom, mais en s'y prenant méthodiquement, on pouvait le découvrir. Papa lui dit que ce n'était pas une bonne idée, qu'il ne faut pas introduire de l'ordre dans les choses mais seconder la confusion universelle et lui jouer de la musique. Mais elle était têtue comme une mule et alors ils partirent à la recherche de mon grand-père maternel, un matin d'été, tôt, pour éviter la grosse chaleur. Pendant le voyage, maman disait des *sciollori*, des bêtises, du genre qu'elle se sentait déjà un bébé nouveau-né dans les bras de son père, elle riait sans arrêt, elle trouva que Gavoi était un endroit magnifique, bien mieux que tous les endroits où elle était déjà allée pour les concerts de papa, Paris, Londres, Berlin, New York, Rome, Venise. Rien n'était plus beau que Gavoi.

Ils avaient mis au point une petite comédie, ils devaient prétendre qu'ils étaient des chercheurs en quête de témoignages sur la première vague migratoire partie de Sardaigne, maman avait un cahier et un magnétophone et s'était même fabriqué un badge avec un faux nom de famille. Ils entrèrent dans un bar, dans une pharmacie, dans un bureau de tabac où les gens méfiants leur posaient des tas de questions, mais ensuite leur bonne mine les tranquillisait et alors ils pouvaient prendre des renseignements sur les familles des notables, celles qui avaient eu des bergers à leur service et la plus riche avait précisément été, et était encore, celle de grand-mère Lia.

À présent, la grande maison était habitée par la sœur aînée avec sa fille, son gendre et les petits-enfants, et il y avait de la place pour tout le monde. Maman s'était assise sur les marches d'une maison en face et n'en finissait plus de regarder. C'était une des plus belles demeures du village, en granit, sur trois étages, avec un corps de bâtiment central donnant sur la rue et deux ailes latérales sur deux rues en pente. Au rez-de-chaussée s'alignaient douze fenêtres fermées et une porte d'entrée en bois massif vert sombre garnie de heurtoirs en cuivre. Le deuxième étage avait une grande porte-fenêtre, fermée elle aussi, sur le balcon central. Le troisième était tout en baies vitrées, avec d'épais rideaux damassés qui empêchaient les regards de pénétrer.

Maman continuait à scruter la maison, elle ne pouvait pas imaginer sa mère dans un tel cadre, pauvre comme elle l'avait toujours été, puisque la moitié de son salaire passait en remboursement immobilier. Sur une des deux ailes de l'édifice, sur la rue en pente, se trouvaient l'entrée de service, une grille et, derrière, un jardin avec des églantiers, des citronniers, des lauriers, du lierre et, aux fenêtres, des géraniums rouges. Sur les marches, des jouets, un camion avec une benne articulée, une poupée dans une poussette. Maman était restée là, hypnotisée, jusqu'à ce que papa lui dise : « Allons-y. »

Ma grand-tante avait été avertie par le pharmacien. On leur ouvrit, peut-être une domestique, suivie par deux enfants, qui leur dit de monter avec elle, que madame les attendait. L'escalier était en pierre polie, sombre, mais la pièce où sa tante les attendait était lumineuse, c'était celle qui avait la porte-fenêtre sur le balcon. « Ce sont les enfants de ma fille, dit-elle, je les garde quand leurs parents vont travailler. »

Maman avait perdu l'usage de la parole. Papa joua son rôle et dit qu'il travaillait avec sa collègue ici présente du département d'histoire de l'université de Cagliari, qu'il préparait un mémoire de maîtrise expérimental sur la première vague migratoire, celle qui était partie de Sardaigne dans les années cinquante. Pouvait-elle avoir l'amabilité, vu que sa famille avait sûrement employé des bergers, de leur en indiquer un, qui serait parti sur le Continent à cette époque, et de leur raconter son histoire ?

Ma grand-tante était une belle femme, brune, mince, élégante même à la maison, des traits réguliers, les cheveux attachés en une queue de cheval basse et souple sur la nuque, elle portait les boucles d'oreilles sardes, celles qui ressemblent à des boutons. La domestique, toujours suivie des enfants qui exhibaient un attirail de seaux, brassards et canot pneumatique en annonçant que la semaine suivante ils partaient à la mer, leur apporta sur un plateau le café et des gâteaux sardes de petit-déjeuner.

« *Pizzinnos malos*[1], les reprit leur grand-mère en souriant avec tendresse, laissez nos invités tranquilles, ils sont ici pour travailler. Un seul de nos ouvriers était parti travailler à Milan, en 1951, quelqu'un de bien qui était chez nous depuis son enfance. Les autres ont émigré après, dans les

---

1. « Petits garnements ».

années soixante. Mais il était revenu et avait acheté une terre et des moutons.

– Et où est-il maintenant? intervint maman pour la première fois.

– *Addolumeu*, le pauvre, répondit ma grand-tante, il s'est jeté dans un puits. Il avait une femme du Continent, sans enfants, qui ne l'a même pas pleuré et qui, après ce malheur, est repartie dans le Nord.

– Mais quand? demanda papa avec un filet de voix.

– En 1954. Je m'en souviens bien car c'est l'année où ma sœur Lia est morte, la plus jeune de la famille. »

Et elle leur montra sur le buffet la photo d'une adolescente à l'air romantique, près d'un vase de fleurs fraîches.

« Notre poétesse », ajouta-t-elle.

Et elle récita ces vers: « *Mon attente se réveille, angoissée, sous les coups bleus du printemps, après être restée, honteuse, à la pâle lumière de l'hiver. Mon attente ne te comprend pas, et ne peut pas se faire comprendre, dans le jaune doux, anxieux, des mimosas effrontés.* »

« Un poème d'amour conservé dans un tiroir, Dieu sait à qui elle pensait, la pauvre enfant. »

Maman ne dit pas un mot jusqu'à Cagliari et, à la fin, papa lui demanda: « Tu crois qu'il s'est tué pour ta mère? Dire qu'elle écrivait des poèmes quand elle était jeune, c'est incroyable! »

Maman haussa les épaules, comme pour dire ça m'est égal ou comment pourrais-je le savoir?

19

Aujourd'hui je suis venue ici rue Manno faire le ménage parce que, les travaux finis, je vais me marier. Je suis contente que les ouvriers ravalent la façade qui s'effritait sérieusement. Les travaux ont été confiés à un architecte qui est aussi un peu poète et respecte ce qu'a été cet immeuble. C'est sa troisième naissance : la première fois, au XIXe siècle, il était plus étroit avec seulement deux balcons par étage, des balustrades de fer forgé, des fenêtres très hautes à deux battants avec une partie supérieure vitrée de trois carreaux et des volets intérieurs, une porte d'entrée surmontée d'un arc orné de stucs, un toit partiellement en terrasse à cette époque-là déjà et dont on ne voyait de la rue que l'imposante corniche. Notre appartement est vide depuis dix ans, nous ne l'avons pas vendu, ni loué, par amour et parce que toutes les autres choses nous sont bien égales. Mais on ne peut pas dire qu'il soit vraiment vide. Au contraire.

Quand mon père rentre à Cagliari, c'est ici qu'il vient jouer, sur son vieux piano, celui de mesdemoiselles Doloretta et Fannì.

Il venait déjà avant que grand-mère ne meure parce que maman doit répéter sa flûte et que du coup chez eux, il faut toujours négocier les horaires. Papa prenait ses partitions et venait ici et grand-mère cuisinait tout ce qu'il aimait, mais quand arrivait l'heure de manger et que nous frappions à sa porte, nous nous entendions répondre : « Merci, tout à l'heure. Commencez sans moi. » Mais je ne me souviens pas qu'il passât ensuite à table. Il ne sortait de sa pièce que pour aller aux toilettes et s'il les trouvait occupées, par exemple par moi, qui suis lente en tout alors vous pensez aux toilettes, il s'énervait, lui qui était un calme, il disait qu'il était venu rue Manno pour jouer et qu'en fait, rien n'allait comme il aurait fallu. Quand la faim, sans horaire, se manifestait impérieusement, alors il allait à la cuisine où grand-mère avait l'habitude de lui laisser une assiette couverte et une casserole d'eau toujours sur le feu pour réchauffer les plats au bain-marie. Il mangeait seul, en tambourinant sur la table comme s'il solfiait et si par hasard nous débarquions pour lui demander quelque chose, il nous répondait par des monosyllabes pour nous ôter l'envie d'insister et ne plus être dérangé. L'avantage était de vivre toujours en plein concert, et il n'est pas donné à tout le monde de manger, de dormir, d'aller aux toilettes, de faire ses devoirs et de regarder la télévision son coupé, avec un grand pianiste qui joue Debussy, Ravel, Mozart, Beethoven, Bach et tutti quanti. Et même si grand-mère et moi avions davantage nos aises quand papa ne venait pas, c'était merveilleux quand il était là et, petite, j'écrivais chaque fois quelque chose en son honneur, une rédaction, un poème, un conte.

Cette maison n'est pas restée vide, d'autant que nous venons ici, mon fiancé et moi, je pense toujours qu'elle garde l'énergie de grand-mère et que si nous faisons l'amour dans un lit de la rue Manno, dans cet endroit magique où l'on n'entend que la rumeur du port et le cri des mouettes, nous nous aimerons toujours. Car au fond, en amour, il s'agit peut-être au bout du compte de se fier à la magie, on ne peut pas dire qu'on puisse trouver une règle, quelque chose à suivre, pour que tout se passe bien, par exemple obéir à des Commandements.

Et au lieu de faire le ménage, de lire les nouvelles sur la situation en Irak avec ces Américains dont on ne comprend pas s'ils sont une armée de libération ou d'occupation, j'ai écrit, sur le cahier que j'ai toujours sur moi, le récit de grand-mère, du Rescapé, de son père, de sa femme, de sa fille, de grand-père, de mes parents, des voisines de la rue Sulis, de mes grands-tantes paternelles et maternelles, de ma grand-mère Lia, de mesdemoiselles Doloretta et Fannì, de la musique, de Cagliari, de Gênes, de Milan, de Gavoi.

Maintenant que je vais me marier, la terrasse est de nouveau un jardin, comme au temps de grand-mère. Le lierre et la vigne vierge grimpent sur le mur du fond et il y a un coin pour les géraniums, les rouges, les violets et les blancs, sans compter les rosiers, les genêts constellés de fleurs jaunes, les chèvrefeuilles, les frésias, les dahlias, les jasmins odorants. Les ouvriers ont refait l'étanchéité, il n'y a plus d'humidité aux plafonds ni de morceaux de plâtre qui nous tombent sur la tête. Ils ont repeint les murs, naturellement en laissant intactes les décorations de grand-mère.

C'est ainsi que je suis tombée sur le fameux cahier noir à tranche rouge et sur une lettre jaunie du Rescapé. Je ne les ai pas trouvés, c'est un ouvrier qui me les a donnés. Une partie des décorations du salon s'était écaillée, le mur perdant son crépi. Renonçons, me suis-je dit, on va passer un crépi neuf et tirer un meuble devant. Or grand-mère avait creusé à cet endroit et caché son cahier avec la lettre du Rescapé, puis elle avait peint par-dessus, mais son travail n'était pas parfait et les décorations se sont abîmées.

20

« Chère madame, dit la lettre du Rescapé, je suis flatté et peut-être légèrement embarrassé de tout ce que vous avez imaginé et écrit à mon sujet. Vous me demandez d'évaluer votre récit du point de vue littéraire et vous vous excusez pour les scènes d'amour que vous avez inventées, mais surtout pour ce que vous avez introduit de vrai concernant ma vie. Vous avez l'impression, dites-vous, de m'avoir volé quelque chose. Non, chère amie, écrire sur quelqu'un ce que vous avez écrit est un cadeau. Vous n'avez pas à vous inquiéter pour moi, l'amour que vous avez inventé entre nous m'a ému, et en lisant, pardonnez ma hardiesse, j'ai presque regretté que cet amour n'ait pas réellement existé. Mais nous avons tellement parlé. Nous nous sommes tenu compagnie, nous avons beaucoup ri, tristes comme nous l'étions, pendant cette cure, n'est-ce pas ? Vous, avec ces enfants qui ne voulaient pas naître, moi avec ma guerre, mes béquilles, mes soupçons. Toutes ces pierres dans nos corps. Vous me dites que vous êtes à nouveau enceinte, depuis votre retour de cure, que vous espérez de nouveau. Je vous le souhaite de tout mon cœur et j'aime croire que je vous ai aidée à éliminer les pierres et que notre amitié a contribué en quelque façon à vous redonner la santé et la possibilité d'avoir des enfants. Vous aussi m'avez aidé, mes rapports avec ma femme et ma fille se sont améliorés, je suis en passe d'oublier. Mais il y a autre chose. Et j'imagine que vous rirez en lisant ce que je vais vous dire : je ne suis plus aussi négligé qu'à la cure, il y a quelques mois. Fini les sandales et les chaussettes en laine, fini les maillots de corps et les pantalons fripés. Vous m'avez inventé avec cette belle chemise blanche amidonnée et ces chaussures toujours vernies, et je me suis plu. Avant, j'étais vraiment ainsi. Dans la marine, on a intérêt à être toujours tiré à quatre épingles.

Mais revenons à votre récit. N'arrêtez pas d'imaginer. Vous n'êtes pas dérangée. Ne croyez plus jamais ceux qui disent cette chose injuste et méchante.

Écrivez. »

Janvier 2004-mai 2006

Tout le ciel dans une chambre

Acte 1

Ma mère disait toujours qu'il ne lui en faudrait pas beaucoup pour être heureuse, juste que je me marie.

À mon âge, toutes les filles de ses amies étaient mariées ou fiancées et beaucoup avaient déjà des enfants. Elle ne comprenait pas ce qui clochait chez moi. Où était l'erreur, le maillon faible de la chaîne.

Nous vivions seules, elle et moi, depuis la mort de mon père, qui nous avait légué une fortune. Notre richesse était propre, acquise sans voler ni faire de mal à personne, pourtant je n'avais pas de chance en amour, ce qui prouvait que nous n'étions pas agréables au Seigneur, et ma mère arrêta d'aller à l'église et de prier parce qu'elle s'estimait lésée et humiliée.

À table où madame Benigna, notre domestique, faisait le service, ma mère d'une voix sourde entamait sa litanie. Elle avait rencontré la fille d'une telle avec son mari, la fille d'une autre avec ses enfants. Qu'avaient-elles donc de plus que moi ?

Certainement pas mes jambes élancées, ma poitrine pleine et ferme, ma lourde chevelure bouclée, mes yeux verts, mon diplôme universitaire mention très bien avec félicitations du jury. Ni mon argent.

Même madame Benigna était plus heureuse que nous, avec ses filles casées. Personne n'ôterait de la tête de ma mère que Benigna trouvait une justice à notre malheur. Il rétablissait l'égalité. Nous avions pour nous la richesse, elle deux filles déjà installées, plus un mari en vie qui venait la chercher après son travail et lui donnait le bras pour rentrer à la maison.

Benigna nous apportait les photos du petit dernier dans les bras de ses parents, et quand elle était partie, ma mère commentait: « Benigna est mauvaise. C'est pour me gifler qu'elle étale les photos de sa famille et leur bonheur. »

Elle énumérait de sa voix sourde les hommes libres qui, au lieu de m'épouser, avaient été pris par une autre.

« Toi qui es toujours à droite et à gauche, tu ne connais pas d'hommes disponibles, disait-elle. Tu n'ouvres pas bien les yeux. Tu ne cherches pas vraiment un mari. Sinon tu ne sortirais pas toujours avec des femmes. Et à quatre ou cinq parfois. Je ne suis pas triste pour les autres, ça leur change les idées, elles retrouvent leur vraie vie quand elles rentrent. Tandis que toi, tu me fais pitié parce que tu n'as pas de vraie vie. »

Je ne répondais pas. Ça ne m'intéressait pas de rencontrer d'autres hommes, parce que j'étais amoureuse du mien. Et je n'avais pas de vraie vie, parce que j'aimais la mienne, qui était pour de faux.

Mon homme n'était ni marié ni fiancé, pourtant on se voyait en cachette. On aurait pu se promener en plein jour, au bras l'un de l'autre devant tout le monde, se marier, avoir des enfants.

Mais non, on se voyait dans un appartement qu'il louait et n'habitait pas. Sauf que tout y était, meubles, vaisselle, nappes, draps. Il avait peint les murs et les plafonds de plusieurs couleurs, ton sur ton. La chambre dans les bleus et violets, le salon dans les verts, la cuisine dans les rouges et jaunes.

Devant les fenêtres, la frondaison d'un grand arbre dérobait l'horizon au regard et, chaque fois que j'entrais, je pensais au mont désert de Leopardi avec sa haie.

Le poète avait raison, il était doux le naufrage dans la mer de l'imagination.

Mon homme savait que j'étais très riche, parce que nous vivions dans une petite ville. Quant à lui, tout le monde savait qu'il n'était qu'un modeste employé.

N'empêche, le jour où je m'étais proposée pour régler le loyer de l'appartement, il avait refusé en élevant la voix pour la première fois. On n'en avait donc plus reparlé.

Au début, je demandais à notre cuisinière de mitonner un bon petit plat en prétextant que je l'emporterais chez une amie pour le dîner. Mais il le reléguait au frigo pour cuisiner lui même. La fois suivante, je retrouvais ma contribution au festin bonne à jeter, parce qu'il ne vivait pas là et qu'entre nos deux rendez-vous personne n'y avait touché. Je n'apportais donc plus rien.

On se voyait pour coucher ensemble, mais pas seulement. J'aimais tout lui raconter, y compris les sourdes doléances de ma mère qui ne comprenait pas pourquoi avec tout mon argent, mon physique avantageux et mes prouesses scolaires, je ne trouvais pas de mari. Ça l'amusait.

Avec lui je devenais bavarde comme une pie et je me sentais sympathique, moi qui ne disais jamais rien et exposais rarement mes idées, parce que je les trouvais stupides.

J'arrivais en chemisier boutonné jusqu'au cou, tailleur et mocassins, puis je me déshabillais, pour vaquer dans la maison en robe filet à larges mailles. Je m'imaginais à la plage et je passais un maillot de bain doré qui me couvrait tout juste la pointe des seins et le pubis. Il me l'enlevait quand même et nous prenions le soleil nus sur le carrelage de la salle de bains comme au bord d'une piscine imaginaire. Pour nous les fauteuils du salon étaient des sièges de voiture. Sur la route du retour de la plage, nous cherchions un endroit isolé pour faire l'amour en courant le risque qu'on nous voie. Au lit, nous nous massions avec des huiles et après avoir pétri si longuement nos corps nus, c'était impossible de ne pas faire l'amour.

Après, nous étions épuisés et, son bras pour oreiller, je songeais que c'était l'endroit au monde où je me sentais le mieux, où je me sentais meilleure, où tout ce qui était compliqué se simplifiait, où l'impossible devenait possible.

Je chantais : *Quand tu es avec moi, cette chambre n'a plus de murs, mais des arbres à l'infini...*

« Tu es contente ? » me demandait-il.

Mais quand je repartais, j'étais triste, je me faisais pitié. Si pour une raison ou une autre, on quittait l'appartement en même temps, chacun s'en allait de son côté. Si on devait faire un bout de chemin ensemble, il ne me donnait jamais le bras et ne m'embrassait jamais, pas même sur la joue au moment de nous séparer. Si je risquais un timide baiser, il reculait brusquement. Les rares fois où on se croisait par hasard, il ne s'arrêtait pas pour me parler, il me disait bonjour comme à une simple connaissance.

Un jour, alors que la veille nous avions fait l'amour tant et plus, je l'avais aperçu sur le trottoir d'en face en pleine conversation sur son portable. Je l'avais hélé pour lui dire bonjour et il m'avait répondu d'un signe en restant au téléphone, sans trahir la moindre émotion.

Comment notre relation pouvait-elle être aussi marginale pour lui ?

Je l'aimais et lui ne m'aimait pas. Je pouvais le comprendre. L'amour est un sentiment mystérieux, qui ne dépend pas de la fréquence à laquelle vous couchez avec une personne ou partagez de bons moments avec elle parce que vous la trouvez sympathique. Mais moi, pour lui, hors de cet appartement, je n'avais tout simplement pas d'existence.

Acte 2

Passé la plage de notre ville, dans une presqu'île au ras de l'eau entourée de langues de terre étroites en partie immergées, mais visibles à travers la mer cristalline, se dressait un hôtel de luxe de style médiéval.

C'était autrefois un vrai château, dont on avait fait un palace.

Dans toutes nos promenades au bord de la mer, c'était une apparition, surtout au couchant, quand s'éclairaient ses lumières et ses lampadaires, étoiles scintillantes sur la roche noire. Nous nous attardions toujours pour l'admirer et échangions souvent un sourire accompagné d'un soupir.

Une allée d'arbres à l'infini, qu'empruntait la Rolls Royce réservée aux princes et aux artistes célèbres, menait au palace dont les tours et tourelles blanches dominaient une zone plane de pelouse, où atterrissaient souvent les hélicoptères privés des gens les plus nobles et les plus riches du monde.

Un jour, ma mère déclara: « Nous sommes riches pour rien. Nos bijoux sont au coffre-fort, tu ne les mets jamais. Nous ne dépensons pas les loyers de nos terrains et de nos maisons. Tu ne voyages pas et moi non plus. Si au moins être riches nous servait à quelque chose, à changer de vie... »

En flânant avec ses amies, elle avait été frappée par un écriteau *À vendre* sur le bord de mer, à proximité du palace.

Alors, intriguées parce que dans notre petite ville où l'on savait toujours tout sur tout le monde personne n'en avait encore parlé, nous avions descendu à pied l'allée d'arbres à l'infini qui conduisait au château. Il était bien en vente.

Par la suite, elle avait souvent demandé à celles de ses amies qui conduisaient de l'y emmener et, de retour chez nous, elle suivait son idée.

Notre richesse ne nous avait jamais servi à rien. Nous n'étions qu'une mère veuve et sa fille unique célibataire. Pourquoi ne pas tout vendre et acheter le château ?

Nous y habiterions et je rencontrerais des hommes séduisants qui voyagent pour affaires à travers le monde entier. Qui sait, peut-être un prince.

Elle ne m'en avait pas parlé plus tôt, parce que je n'avais pas mon pareil pour doucher les enthousiasmes. Mais elle en avait discuté avec ses amies, puis avec un conseiller financier, et tout le monde était d'accord.

Nous allâmes ensemble, ma mère, madame Benigna et moi, examiner le palace de plus près. À l'entrée, un second écriteau *À vendre* tournait comme une girouette au vent.

« Et s'ils avaient fermé parce que personne ne venait plus ? suggéra madame Benigna.

– Pensez-vous ! Les propriétaires sont peut-être fatigués. Ce n'est pas une mince affaire de gérer ce type d'hôtel.

– Et pour vous, ce sera une mince affaire, madame ?

– Pas pour moi, mais pour vous, oui, Benigna. Vous savez tenir une maison, vous n'aurez pas de mal à diriger les employés. »

Elle m'en parlait des étoiles dans les yeux. Le palace allait changer notre vie. Il attirerait des hommes libres, nobles, riches et seuls du monde entier.

« Tu es contente ? » me demandait-elle.

Ma mère vendit tout pour acheter le château.

En l'espace de quelques mois, l'hôtel reprit vie. On embaucha une armée de serveurs et serveuses en tenue, commandés dans leurs différentes tâches par les anciens employés de notre résidence principale et de nos villas à la campagne.

Madame Benigna était la seule à ne pas dormir à l'hôtel. Quand elle avait fini son travail, son mari l'attendait dans le hall et ils rentraient à pied chez eux en se donnant le bras.

Tant qu'elle avait été répartie à droite et à gauche, notre fortune n'avait rien eu d'inquiétant, mais toute concentrée là, au bout de cette presqu'île, dans l'immensité de la mer et du ciel, elle faisait peur.

Comme les vagues. Les vagues incessantes qui déferlaient sur le rivage et menaçaient de noyer les criques lovées entre les rochers.

Comme les couchers de soleil, d'abord d'un rouge violet joyeux, et maintenant si mélancoliques.

Comme ces oiseaux noirs aux ailes et au bec pointus qui tournoyaient dans le vent au-dessus des tourelles crénelées.

Ou comme ces chiens de garde partout, dont les hurlements sinistres emplissaient l'air.

Tout, vu de près et bien réel, faisait très peur.

Contrairement à moi, ma mère s'installa au palace, où elle allait et venait dans de longues robes d'intérieur en soie, telle une diva du cinéma. Comme elle était petite, ces toilettes la vieillissaient et quand j'allais la voir, je me surprenais à lui proposer mon aide pour se lever de son fauteuil et se promener avec moi dans les salons rouges et les salles à manger jaune doré ou autour des piscines intérieures noyées dans une brume bleutée.

Sa voix, autrefois sourde, était maintenant aiguë et hystérique, et ne redevenait plaintive que pour me reprocher de ne jamais mettre les pieds dans notre palace ou de ne penser qu'à en repartir, alors qu'elle l'avait rouvert pour que mes rêves deviennent réalité.

Néanmoins elle retournait à l'église. Elle s'était réconciliée avec le Seigneur et le priait de se montrer magnanime avec nous, pour une fois.

Notre palace était fréquenté surtout par des couples d'amants fortunés et des jeunes mariés en voyage de noces, tout aussi fortunés. Aucun prince ne se présenta. Très rares furent les clients seuls et séduisants voyageant pour affaires à travers le monde entier, et le doute m'effleura que ceux qui se présentèrent venaient se cacher ici pour des raisons louches.

Les frais de fonctionnement excédèrent largement ce que rapportait notre clientèle.

Des fourgons quittaient le château à destination du marché et revenaient chargés de nourriture, qui finissait par pourrir, un hôtel cinq étoiles ne pouvant pas servir de surgelés.

Nous avions une facture d'électricité astronomique, puisque le château même vide devait se détacher dans la nuit avec son allée de lampadaires et les pièces même désertes rester éclairées. Le chauffeur et la Rolls Royce étaient payés même s'ils n'accompagnaient personne nulle part.

Afin de colmater les brèches, ma mère demanda un prêt à sa banque. Le palace fut hypothéqué et, au bout du compte, vendu aux enchères pour cause de faillite.

Il nous resta l'appartement que je n'avais pas quitté quand elle avait emménagé au château, mais dont nous n'occupâmes que la moitié.

Il fallut longtemps à ma mère pour comprendre que nous étions pauvres.

Où était l'erreur ? Le maillon faible de la chaîne ? La Sardaigne comptait bon nombre d'hôtels de luxe et aucun n'avait connu la triste fin du sien.

Pendant tout le temps où l'affaire périclitait, nous évitions d'en parler, mais ma mère boycotta l'église à nouveau, au motif que le Seigneur montrait une fois de plus qu'il ne nous aimait pas.

Je parlais avec mon homme de la triste faillite du palace et de la pauvreté où nous nous retrouvions maintenant.

Mais comme toujours en sa présence, dans cette vie qui n'était pas une vraie vie, j'avais l'impression de tout voir de loin, ou de haut, et les choses les plus graves se réduisaient à un jeu.

« Tu le prends bien, disait-il. Tu ne pleures pas.

– Avec toi, ça ne sort pas, lui répondis-je un jour, mais après, si : je pleure quand je m'en vais.

– Alors reste.

– C'est-à-dire ?

– C'est-à-dire qu'on pourrait se marier. »

Je pensais que nous quitterions l'appartement où nous vivions pour de faux afin de nous installer dans sa vraie maison. Mais il habitait une chambre dans un appartement en colocation avec des collègues de travail, où il fallait partager salle de bains et cuisine.

Cette chambre était meublée d'un lit une place au couvre-lit en chenille marron, de deux chaises en paille, dont une servait de table de nuit, et d'une armoire à deux portes. Les meubles aussi étaient marron, comme le couvre-lit et l'appartement tout entier.

« S'il y a une couleur que je déteste, dit-il, c'est bien le marron. Mais la propriétaire ne veut pas que les locataires aient leur mot à dire et elle aime le marron. »

L'appartement de nos rendez-vous clandestins, qui n'était pas une vraie maison, le devint.

Acte 3

Au fond, ma mère était contente de notre nouvelle vie. Il suffisait d'éviter le bord de mer, les maisons qui nous avaient appartenu et les vitrines d'antiquaires où étaient exposés nos meubles et nos précieux bibelots.

Madame Benigna l'aidait toujours, mais sans être payée. La différence était qu'elle venait travailler quand elle en avait envie. Mais elle en avait très souvent envie. Pour le reste, rien n'avait changé, son mari venait la chercher et ils rentraient chez eux en se donnant le bras. Elle apportait à ma mère les albums photo de ses petits-enfants qui grandissaient, mais ma mère n'était plus jalouse, parce que j'étais enceinte.

Elle renoua avec l'église et la prière, et quand quelqu'un critiquait Dieu, elle prenait un air de vieille femme sage en déclarant que le Seigneur sait pour nous. Qu'il sait ce qu'il doit retirer et ce qu'il doit donner.

Elle retourna dans les lieux pestiférés qui lui rappelaient l'époque où elle était riche, y compris sur le bord de mer, parce qu'elle n'aurait jamais privé d'air marin et de tant de beauté son petit-fils qu'elle comptait promener quand il serait né.

Depuis que mon mari et moi vivions ensemble, nous faisions toujours autant l'amour, mais allez savoir pourquoi je me sentais ridicule de porter la robe en filet, de m'imaginer au bord d'une piscine en m'allongeant par terre dans la salle de bains et de faire l'amour sur les fauteuils du salon au risque de voir quelqu'un coller son nez aux vitres de la voiture.

J'aimais ma vraie vie et ma vraie maison, mais les murs n'étaient plus des rangées d'arbres à l'infini, le plafond violet n'était plus le ciel au-dessus de nos têtes.

« Pourquoi ne m'as-tu pas proposé de t'épouser avant, lui dis-je un jour, quand j'étais riche ?

– C'est plus fort que moi, je ne supporte pas les gagnants. »

Cagliari, mai 2016

Milena Agus est née à Gênes dans une famille sarde. Revenue en Sardaigne à l'âge de dix ans, elle ne quittera plus son île, cadre de tous ses romans. Enseignante d'italien et d'histoire dans un lycée de Cagliari, elle publie son premier texte, *Quand le requin dort*, en 2005. Mais c'est son roman *Mal de pierres* qui, en 2007, lui apporte la notoriété. Le succès part de France où la presse, les libraires et le public s'enthousiasment pour cette inconnue sarde. Il se propage en Italie où elle reçoit les prix Elsa Morante et Forte Village, puis, dans le monde entier. La réalisatrice Nicole Garcia acquiert les droits pour une adaptation au cinéma et son film sort en 2016, avec Marion Cotillard dans le rôle principal.

Au fil des textes (tous publiés en Italie chez Nottetempo et en France aux éditions Liana Levi), Milena Agus poursuit sa route d'écrivain, singulière et libre. « L'écriture, c'est le refuge intérieur qui ne me quitte jamais », dit-elle. Et aussi : « J'écris sur des gens qui n'ont ni chance ni amour dans leur vie, en espérant qu'ils en trouvent au moins auprès de mes lecteurs. Dans le monde merveilleux de l'imagination. Mais il ne s'agit pas seulement d'imagination. Ce que je raconte est en partie vrai et en partie inventé. Les deux se mélangent si bien que je ne me rappelle plus ce que j'ai inventé et ce qui est réel. Je me tiens sur une frontière impalpable, comme une funambule. »

Première réimpression

Achevé d'imprimer sur Roto-Page en octobre 2022
par l'Imprimerie Floch à Mayenne
N° d'impression : 101351
Dépôt légal : novembre 2022

Imprimé en France